新潮文庫

か「」く「」し「」ご「」と「

住野よる著

新潮社版

11363

もくじ

か「」く「」し「」ご「」と「

プロローグ

「私は凄(すご)い力を持ってて、えいっ、てこの世界を壊せます」

「そうなんだ」

「そうなんだ、じゃないよ。そんな能力あるんならもっと早く言えよって思わない？」

「知らない部分があっても、不思議じゃないし」

「知らなかったことは嫌じゃない？」

「知らなくても嫌いになるわけじゃないし」

「なんか恥ずかしい、やめよ」

「どうして急に大魔王だって明かしてくれたの？」

「続けるんだ」

「楽しいかなと思って」

「そういう期待をされるとプレッシャーだな」

「無理だったらいいよ」

「そういう風に言われるとはりきっちゃうな」

「そんなつもりじゃなかったけど、そんな気がした」

「じゃあえっと、最初はね、この世界を滅ぼしに来たの」

「怖い魔王だ」

「怖いよ、がおー」

「それは怖くない」

「しなきゃよかった」

「続けて」

「うん、でもね、偵察しているうちに皆のことが好きになっちゃったんだ」

「心優しい魔王でよかった」

「その中でも特別に優しい人がいたから、魔王は打ち明けたの」

「魔王がそう思ってくれるなら嬉しいかな」

「ちゃんちゃん」

「終わり？」

「終わり」

「ええと、今の話を聞いて思ったのは。言っていい？」

「もちろん、魔王が許します」

「ありがとうございます。思ったのは、皆、周りの人の何を知っておいた方がいいのかなって」

「どういうこと？」

「もしかしたら、魔王だって知られて嫌われちゃうこともあるかもしれないし」

「確かにね」

「怖くても、今まで仲良くしてた魔王を信じて好きなままの人もいっぱいいるだろうし」

「そうだと嬉しいな。魔王じゃないんだけど」

「皆、何を知って色んな人を好きになるんだろう」

か、く。し！ご？と

我ながら女の子の匂(にお)いの違いに気がつくなんて大分キテると思うけれど、気づいちゃったものは仕方がない。今日は朝から三木(みき)さんに「おはよー、調子はどうだい少年」なんて声をかけられて、「お、同い年だけど」なんておもしろくないことしか言えなかったのに後悔して、でも今日も一日頑張れそうだ、なんて思ってたら、すれ違いざまに気がついた。ふわりと彼女の周りに浮いているシャンプーの匂いがいつもと違っていた。

シャンプー変えたのかな。前にお気に入りのがあってボトルを常に持ち歩いてるくらいだと言ってた気がするけど、うん、もちろん訊(き)けるはずがない。そんなことしたら三木さんに気持ち悪がられて、嫌いな男子になってしまう。僕は今の好きでも嫌いでもない男子の座を守り抜きたい。もちろん本当は、嘘(うそ)だけれど。

窓際(まどぎわ)最後方の席でぼうっとそんなことを考えていると、教室の前の方で三木さんに抱きついた女の子の頭上にハテナマークが浮かんだ。

「ミッキー、シャンプー変えた？　なんで？」

抱きつくのは論外だとして、僕も意外とあんな風に普通に訊いてみたらよかったんだろうか。いやいや、僕だと痛々しい結果になるのは目に見えてる。ここは、代わりに訊いてくれたことに素直に感謝しよう。

そうやってこっそり様子をうかがっている男子のことなんか知らず、三木さんは質問に対して「ははっ」と鼻にかかった笑い方をした後、「秘密」と、頭の上にびっくりマークを浮かべて言った。訊かれたことが嬉しかったのだ。

こういう時、僕ってやつは勘繰ってしまう。シャンプーが違う。それに秘密の理由がある。でも訊かれて嬉しい。

彼氏でも、出来たのかな？

凄く寂しくて残念な気持ちになりながら、僕は八時半のチャイムを聞いた。

「いみじ、と、いと、の違い、ちゃんと分かる？」

古文の時間、先生の質問に、僕から見えるほとんどのクラスメイトの頭の上にハテナが浮かぶ。自分のは見えないけれど、もちろん僕の頭の上に浮かぶのもハテナだ。

頭の上にびっくりマークや句点を掲げた人はごく数人で、やがてそのうち、より目立ちたがりの人が手をあげる。つまり、三木さんのことだ。

「はいっ」

元気よく手をあげた三木さんは、得意な古文の時間はいつもソワソワとしている。逆に数学の時間は頭の上にずっと読点を三つほど浮かべ、むにゃむにゃうなっている。後ろ姿ですら見ていて飽きない。けれど、見ていることを誰かに気付かれたら終わりなので、目の保養をするのは折を見て。とはいえ今日はその目の保養も自分で思いついてしまった想像に邪魔されて、暗い気分になった。きっと彼氏の前ではもっと色んな顔を見せているのだろう。

授業が終わって、机にうなだれていると隣の空いた席に誰かが座った音がした。

「次の英語、ＬＬ教室だってさ」

「あー、そうなんだ」

「大丈夫か？　お前、授業中もぼうっとしてたろ」

「あー、そうなんだ」

「そうなんだって、お前のことだよ」

顔をあげると、ヅカは焼けた顔で明るく笑っていた。太陽の光でも吸収してるのか、眩しい。

「体調、悪いのか？」

「いいや、ただちょっと眠いだけ」

「そっか、俺も眠い」

そんな誤魔化しで納得したヅカは頭の上に句点を一つ浮かべ、大きくあくびをした。一年生の頃からの付き合いになる彼は、今日も綺麗に整った眉と顔を器用に動かし表情を作る。

「ほら、早く行かねえと英語で怒鳴られんぞ。今日俺、宿題忘れたし」

ヅカは楽しそうに笑うと、僕の肩を叩いて自分の席に戻り英語の準備をしだした。僕も教科書とノート、そして筆記用具を持って廊下に出る。後ろからすぐにヅカの足音がした。

「昨日の夜中、日本代表が試合やってたろ。見てたら寝不足だ。見たか？」

「いや、見てない」

「んだよー、日本の代表だぞー」

正直、サッカーなのか野球なのかも分からなかった僕は「代表か、凄いね」と適当に返事をした。するとヅカが嬉しそうに「だろ？」と頷いてくれたのでよかった。

ヅカとは仲が良いけれども、彼は僕とまるで違うタイプの人だ。音楽の趣味が似ているから仲が良い、それ以外に共通点なんてない。きっかけなんてそんなものだとも言えるけれども、ヅカは体育会系で明るくて外見もいい。知らない人が見たら身長差も含め、二人の仲を不釣り合いだと思うことだろう。僕だってちょっと気にしたりはする。だって僕達みたいなのは、いけてる子と一緒のものを身につけるのが恥ずかしかったりする、卑屈な生き物だから。

そう、きっと、ヅカの隣には彼と同じように体育会系で明るくて外見もいい人が似合う、なんて思ってしまう。

例えば、うちのクラスで言うなら。

「ねえ、ヅカ、私、なんか変わったと思わない？」

三木さんは僕と並ぶヅカの横に立って、突然そう言った。

「えー、分かんね。お前分かる？」

話を振られた僕。シャンプーの匂いだ、なんて言えるわけがなくて、でも三木さんを喜ばせる答えも見つからなかったので「いや……」とまるで興味がなさそうな答えをしてしまった。

「そゆことだミッキー、俺達は女子が一センチ髪切ったとか分かんねえの」

ヅカの軽口に三木さんは普段なら目をパチクリとさせて笑って応える。でも、今日は違った。三木さんの頭の上に句点が三つ浮かぶ。浮かぶマークと人の感情にはそれぞれに癖があるけれど、三木さんの句点三つは、不機嫌の時だ。

「んなんだから、先輩にふられんだよ」

三木さんはなかなかにひどいことを言って早足で行ってしまった。彼女の言う通り、ヅカは先日、付き合っていた先輩と別れた。音楽性の違いとか言って本当は色々とあったらしいけど、本人が気にしてないみたいだから僕も気にしないことにしている。

ヅカは普段のように「あいつひってー」と笑った。頭の上に句点が浮かぶ。完全に三木さんを受け入れている証拠だ。

エアコンの効いた涼しいLL教室に入ってから僕とヅカは分かれて、教室での席順と同じ場所に座った。

LL教室では二人ずつ長方形の机に並んで座るようになっている。長方形の真ん中にはモニターが埋め込まれていて、このモニターで二人一緒に英語の教材を見ることになる。

今日も英語での挨拶をすませ、先生と互いの体調を気遣い合った後、僕らはリスニングの練習で映画を見ることになった。クラスの人数が偶数ならうちのクラスでは、全ての席で二人がモニターを分かち合うことになる。きちんと見る為には、恥ずかしくなるくらい二人が接近しなければならず、僕なんかはそれだけで萎縮してしまうのだけど、今は大丈夫。僕はモニターを独占出来る。僕の隣の席だけが、最近いつも空っぽだからだ。

うちのクラスには、いわゆる不登校生がいる。

隣の席の宮里さんはゴールデンウィークが始まった日から、二ヶ月程学校に来ていない。このクラスではいじめも派閥も聞かないから、そういう分かりやすい理由ではないと思う。けれど、内気な僕よりまた内気な宮里さん。騒がず喋らず、趣味は身の回りの物のお手入れというお淑やか極まる人だ。誰にも言い出せない何かがあったのかもしれない。

二年生になってから一ヶ月間、隣に座っていた僕としては、まさか自分が原因じゃなかろうなと時々怖くなるけれど確かめようはない。まるで心当たりがなければヅカを通じて誰かに聞いたり出来るかもしれないけれど、実はそうでもなかったりするから、僕は怖じ気付いている。二ヶ月前のある日の一言で、僕は彼女に嫌われてしまったかもしれない。

三木さん以外の女子とならそこそこ話せる僕は、隣の席だった宮里さんとはそこそこ仲がよかったはずで、だったらもうちょっと彼女の不登校を心配して行動を起こしても良さそうなものだけれど、どんな形であれ気になっている人にはアクションを起こせなくなってしまうものなのだ、僕って奴は。どうでもいいことは言えるのに、肝心の話なんて出来やしない。

その点、三木さんっていうのは凄い。一年生の時、入学してすぐ好きになった先輩にアタックしまくっていたのは有名な話だ。身の回りの物、それこそシャンプーやスニーカーなんかをどうやってか調べた先輩の趣味に合わせたりしていたらしい。結果、先輩にはドン引きされて失敗に終わったようだけれど、そのガンガンいける姿勢を少しだけでも分けてほしい。と思ったけど、やっぱりいいや。三木さんの魅力を減らしてしまうわけにはいかないもの。

「だから、その女の子にガツガツした感じを少し分けてよ、ヅカ」

「だからって、その前の話なんなんだよ」

もちろん、三木さんをどう思ってるかなんて誰にも言えるわけないのでヅカには言ってない。これから言う気もない。

「いや、宮里さん、このままじゃ単位危ないんじゃないかなって」

「そっからどうやって俺のガツガツした感じの話になるんだよ。してねえよ！　宮里なぁ、確かにそろそろ危ねえかもな。どうせなら一緒に卒業出来りゃいいけど」

こういうことをきちんと口に出して言えるのが、僕がヅカを好きなところだ。英語と生物の授業を終え、昼食を食べた後、昼休み誰もいない音楽室でクーラーを全力稼働させて僕らは床に寝ころび天井を見上げていた。

「でも来なくなった奴を連れてくるって難しいぞ。それも長い間。部活も、来なくなっちまったら説得ってほとんど無理。大体辞めちまう」

「あー、そうなんだ」

「でも、部活仲間もクラスメイトもそうなっちまうって悔しいよな。なんかあったなら相談してくれりゃいいのにって思うけど、結局自分は相談相手になれるほどじゃないんだろうし、それで何も出来ないって情けねえなって思う」

「…………」

これだ。当事者意識の強さ。三木さんやヅカに共通の特性。つまりガツガツしているという部分だ。人のことも自分のことも同じように考え、強い感情を抱いて行動出来る。これが僕に少しでもあればいいのだけれど。ないから、天井を見上げて、「そうだね」なんて言うしかない。

「大塚(おおつか)くんたち何してんの」

いつの間にか音楽室に来ていたクラスメイトの声が足元から聞こえた。ヅカが自慢の腹筋を使って起き上がり、「おお、パラ」と言ったので誰だか分かる。僕も腕の力で起きて、二人が愉快なやり取りをしてるのを聞く。

やがてそれが終わると、ヅカは立ち上がりそれから僕を見下ろして言った。

「もしかして宮里にガツガツ行きたくて俺に分けてくれってったのか？　いや俺はしてねえけど」

ヅカの頭上にハテナが浮かぶ。彼は感情に正直で、きちんと言動と記号が一致しているように見える。

「いや、そういうわけじゃない。出て来たくない人にガツガツ行ったってもっと出て来てくれなくなるでしょ」

「そりゃそうだな、うん、でもまあ、お前は今のままの方がいいと思うよ。お前が隣の席ってのは宮里にとっていいことだと思う。人にはそれぞれ役割があるからな。お前は北風と太陽なら太陽の方だろ」

ヅカが冗談で言っているのではないこと、頭上のマークが教えてくれた。そして「俺は北風じゃねえぞ」と笑って僕の背中を叩いた。力が強くてちょっと痛かったけど、ヅカが底抜けにいい奴なことに免じて許してあげた。

今日もうちのクラスにいる二つの太陽は、僕のなんでもない生活を明るく照らしてくれているけれど、宮里さんにはそれがないのかもしれない。

そんなことを思った僕は何も分かっていなかった。

明くる日、宮里さんには申し訳ないんだけれど、僕にとってはもっと気になることが出来てしまって、隣の席が空いていることはいつもの風景程度にしか思わなくなった。

三木さんとすれ違いざまに気がついた。シャンプーの匂いがいつもと同じのに戻っている。これが何を意味するか、つまり三木さんは家のシャンプーを変えたわけじゃなくて、どこかで別のシャンプーを使ったってことだ。いやいや、もしかしたら女友達の家に泊まったのかもしれないだなんて、それじゃあ昨日どうしてシャンプーを変えた理由を秘密にしたのか分からないし、気づかれて喜びのびっくりマークを浮かべた理由も分からないので、僕はともかく落ち込んだ。

それでもまあ、そのまま日々が過ぎ去ってくれれば、何か三木さんなりのよく分からない理由があるのかもしれないと自分を納得させることもできたけれど。一週間後、三木さんはまた先日同様いつもと違うシャンプーの匂いをさせてきた。しかもいつもより上機嫌に頭上にびっくりマークを浮かべまくっていたのだから、もはや決定的だ。

　更に余計なことを付け加えるなら、彼女のそのシャンプーは僕らが中学の時いけてる子達のトレンドのようになっていたビリアンというシャンプーだった。三木さんはやっぱり、彼女に似合う、そういう男の隣に立っているんだと知らされたような気がして、僕はまたまた落ち込んだ。落ち込む権利なんてないのは、知ってるけど。

　もし、僕に一欠片（ひとかけら）の勇気さえあれば、今日も「私、変わったでしょ？」と訊いてきた三木さんにヅカが「太った？」と言って殴られた後、フォローとしてシャンプー変えたよねって言えただろうけれど、もしあればよかったということは、ない、という意味だ。

　だから僕はと言えば情けなくもこの一週間で、

「おはよー、夏風邪はやっかいだから気をつけた方がいいよ」

「あ、うん、ありがとう」

　という謎（なぞ）の助言をもらう程度の会話しか三木さんとはしていない。それもシャンプーの匂いが変わった日で、上機嫌から来る気まぐれだったのだろう。

三度目、三木さんのシャンプーの匂いがまたいつもと違う日、三回とも同じシャンプーの匂いだったという事実に打ちのめされていた僕は、まだその違いに気がつかないヅカと三木さんの会話のフォローにも入れず、いよいよ再来週に迫った期末テストの為の勉強も始める気にならなかった。

まあこんな日もあるさ明日勉強を頑張ろうと楽観的には言っていられなかった。何故ならこの日から三木さんのシャンプー変更日は加速度的に増えていったからだ。一回目から二回目の間は一週間、二回目から三回目の間は五日。三回目が月曜日のことで、四回目は木曜日に、五回目はたまたま家の近くのコンビニで会った日曜日に、次は火曜日、そして木曜日金曜日とついに連続してシャンプーの匂いがいつものものではなかったのだから、それはまるでどこぞの彼氏とどんどん親密になっていく様を見せつけられているようで、このままでは期末テストで自己最低点を取ってしまいそうなほどに僕を打ちのめした。

「どうしたんだよ、大丈夫かよ」

「別に大丈夫だよ」

ヅカは、相変わらずまるで気がついていない様子だった。

シャンプーの匂いが違う度に、三木さんに「変わったでしょ？」「変わったよね？」

「変わったって言ったら？」と訊かれるヅカは金曜日の今日もまた「上靴ぼろぼろだな」と返した。確かに三木さんの上靴には穴が開いていて、正解していた。けれど、曰くそれは「可愛い靴下を見せる」という独特のオシャレで、気づいてほしかった点とは違ったらしく、また彼女を不機嫌にさせた。

そりゃ、シャンプーの匂いなんてその人に恥ずかしい程近づくか、もしくはその匂いをさせてる人にいたく興味があるか、またはその匂いに思い出があるかくらいの理由がないと分からないことだろう。

だからヅカが悪いわけじゃない、と擁護したいのはやまやまなんだけど、三木さんに直接言える勇気なんてあるわけなく、それとなくヅカに言ってみることにした。いくらなんでもいつも不機嫌になられていては可哀想だ。

三木さんが友人達に囲まれ「最近付き合い悪いけど男でも出来たのかこいつー」「ははっ」と会話をしてるのを廊下で見ながら僕はヅカに話を振った。

「何か変わったところがあるのかな？　三木さん」

「さあな、でもあいつ頭おかしいからもしかしたらマイブームを感じとれとか思ってるかもしんねえぞ」

中学の頃、同じ陸上部だった三木さんに対してヅカは容赦ない。

「流石にそれはないと思うけど、なんだろ、香水とか変えたのかな」

「ああ、そういやえらく石鹸のいい匂いさせてたな。でも香水変えたとかシャンプー変えたとかどうでもいいこと申告しねえだろ普通」

きっと、僕の頭の上に大きなびっくりマークが浮かんだろう。気づいてたんだ。僕の驚きをヅカは別に受け取ったようで、大きな手で僕の背中を叩いた。

「別に女子の匂いわざわざかいでる変態ってわけじゃねえぞ！」

僕の心にナイフが刺さる。

「さっき近づいた時に気づいただけだ。あれ、中学の頃、学校のシャワー室に置いてあったやつと同じ匂いなんだよ。流行ってたろ？　ビリアン」

うん、自己主張の強い匂いが、いけてる子達に人気だった。

「あんないい匂いさせてたから俺よく顔つきで女子に間違えられたよ。まああの匂い好きだったし、懐かしくはなったけど、そんなことで何度も私変わった？　って言ってきてたらいよいよクレイジーすぎんだろ」

確かにヅカの言う通り、それこそ恋人でもない男友達にシャンプー程度で「変わったよね？」と詰め寄って来るのはおかしい気がする。

しかし、そしたらいよいよ何が変わったのかなんて僕には分からないし、それにシャンプーが変わっていることはやっぱり事実だ。そっちは何も解決していないし、そもそも解決ってなんだって感じで僕はもやもやとして、テスト期間前最後の週末を迎えることとなった。

テスト週間、最初の日、月曜日。皆がそれぞれに大変なはずで、僕もそりゃあ赤点をとらないように頑張らなければならないはずなんだけども、三木さんは相変わらずあのシャンプーの匂いをさせているし、一時間目は苦手な物理だしで、出鼻をくじかれ、二時間目までを終えた時点で大分ぐったりとしてしまった。

ヅカにはまた心配された。

「大丈夫、っていうか、苦手科目続いたらぐったりもするよ」

「確かにな。しかも次は数学だし、俺もお前も玉砕だ。ああ、ミッキーも」

近くにたまたま来ていた三木さんをヅカが巻き込む。僕はてっきり三木さんが頭の上に何かしらの記号を浮かべてヅカを攻撃でもするのかと思ったのだけど、彼女はまぶたをしばたかせてからにやっと笑って「ねえ、パラ」と友達のところに行ってしまった。ちなみにそのパラっていうあだ名はパッパラパーの略だそうで、本人の名前とはなんの関係もない。友達にそんなあだ名を平気でつけた三木さんは確かにヅカの言うとおりクレイジー。でもそこがいいじゃないか、個性的で。思うのと同時に、誰かもその魅力に惹(ひ)かれたんだなと、また点数に悪影響がでそうなことを思った。

チャイムが鳴る前に先生がやってきて、僕らは席につく。僕の隣だけが空席だ。

宮里さん、成績大丈夫なのかな。留年したら余計に来にくくなるんじゃないだろうか。そして学校を辞めてしまって、人生がおかしくなったりなんかしたら、僕は隣の席に座っただけだけれど、胸が痛くなる話だ。いや、もしかしたら、座っただけじゃないかもしれないんだけど。

前から回ってくるテスト用紙を受け取り、ぼうっとそう考えていると、まるで僕の意識の隙間(すきま)を縫うように、チャイムが鳴った。

先ほどの三木さんのにやっの意味は、それからすぐに分かることとなった。数学のテストが始まって少し経(た)ち、全員の頭の上にハテナや句点が浮かんでは消えしだしたところで、僕だけが、驚いた。

三木さんの頭上に、大量のびっくりマークが浮かんだ。本当に、周りの人達の姿が見えなくなるくらい沢山の。

どうしたんだろう、と見ていると、三木さんが頭上に両手を掲げ思いっきりガッツポーズをして先生に注意された。

数学が苦手な三木さん。なるほど、余程勉強をしてきたのだ。しかもヤマまで当たったのかもしれない。自信があった、だからこその、にやっだ。

三木さんが嬉しそうなことに僕も嬉しくなったけど、本当はそんな場合ではなかった。自分の心配をしなければ。

僕はそこで三木さんの観察をやめた。

散々、という言葉はこういう時に使うのだろう。散々、散り散りバラバラ。集中力や詰め込んだ知識が結束してテストに臨んでくれず、バラバラだった。

集中して数学に臨んだはずの僕、なのに問題を解き始めると、もしかして数学を教えてくれるような年上の彼氏が出来たのかもしれないと思いつき、悪い思いつきは一度出会ってしまうとテストの最後までついてきて僕を翻弄（ほんろう）し、四時間目にまで影響した。

これはいけない。いくら気になることがあろうと、このままでは学年まで皆とバラバラになってしまう。

いつもなら、ヅカが部室に向かう姿を見送ってからすぐ帰るんだけど、今日の僕には危機感が漲っていた。

だから図書室に居残って勉強をすることにした。人の少ない図書室、校庭が見える窓際の四人掛け席に座ると、テスト期間中で部活は休みだというのにトラック内外で自主トレをする生徒達がたくさんいた。ヅカもその一人で、きっと彼らは運動によって頭をリフレッシュさせたいのだろうし、それが得意な人達なのだろう。走り込んでいる数人の頭の上に続々とびっくりマークが浮かんでいく。

僕も彼らにまけじと勉強を頑張る。

そう意気込んだのはいいのだけれど、やっぱり失った集中力を取り戻すのはむずかしかった。信用とかと同じようなものだ。きっと。

結局、ヅカの練習風景を見ながら、途中でトイレに行き、申し訳程度に英単語を覚えていると、いつのまにか居眠りしてしまうという悲惨な結果に終わった。

なんとなく分かってもらえると思うのだけれど、寝すごしたときというのは目覚めた瞬間に分かるものだ。机に突っ伏した状態で目覚めた僕も、やってしまったとすぐに分かった。

恐る恐る顔をあげる。案の定、図書室内には静寂が漂っていた。これはひどい、思わず、ため息をつく。

そのため息で空気が舞い上がったのかもしれない、鼻が、あの匂いを感じた。

「うわあっ！」

気配、いや、息づかい、いや、もっと濃い熱を感じ横を見て、図書室内だというのに僕の口からは大きな声が出た。

その声で起こしてしまった、そういう表現が適切か分からないけれど、なぜだか僕の横で同じように机に突っ伏し寝ていた三木さんは、むくりと顔を上げると、驚いたままの僕の顔を見て「やあ」と言った。何がやあなんだ。

僕は知らない間に三木さんの隣で一緒に寝ていたことに一気に顔が熱くなる。

三木さんは眠そうに目をこすった。

「ねみ」

「ど、どうしたの？」

「どうしたって、ああ、そう、伝えたいことがあるの」

な、なんだろう。身構えると、彼女は頭上に句点を三つ浮かべ、顔は正面に向けたまま、僕の方を目の端で見た。

「ヅカに、いや、大塚くんに伝え……といて。そんなんじゃ女の子も逃げるよって」

僕になんでそんな言い方をするのか分からなかったけど、頷くしかできなかった。

「つ、伝えとく」

僕の御意を確認すると、三木さんは早々に立ち上がり「じゃあね」と行ってしまった。

「変な人だ……」

思わず口をついて出た一言。去りゆく三木さん、その後ろ姿の足元に見えた綺麗な上靴と、間近で感じたシャンプーの匂いが頭の中に残って、その日も僕はあまり眠れなかった。

昨日のあれで頭に電流でも走ったのか分からないけれど、次の日のテストはいやに好調だった。一時間目の古文は「いみじ」と「いと」の違いが重要となる問題が出て、これは三木さんが授業で答えたから完璧に覚えていた。英語も僕の苦手な単語問題は少なく文章読解がメインで、これもなかなか点数に期待が持てそうだった。

ただ、どの問題が解けても昨日の三木さんの行動の意味は分からなかった。

今日の朝には、一応三木さんも機嫌を直していたようで「おはよー、ハウアーユー？」と笑顔で言ってくれて「あ、あいむふぁいんせんきゅー」とまるで面白くない返事をした。シャンプーの匂いは、相変わらずいつもと違い、彼氏に機嫌を直してもらったのかなと、落ち込んだのは言うまでもない。

そしてまたもやヅカに心配されたのも言うまでもない。ヅカはいい奴だから。

「大丈夫か？　寝不足か？」

「勉強してたんだ。偉いでしょ」

四つのテストを終え、放課後、食堂で一緒にご飯を食べながら、僕はそう嘯いた。

ヅカは「偉いな！　俺、すぐ寝た」と言って笑ってくれた。

そんな素直なヅカだから、深読みなんかせずに考えてくれるんじゃないかと思ったのだ。

「ねえ、昨日、三木さん何かあったのかな？」

「ん？　ミッキーどうかしたのか？」

「なんか、昨日帰りにたまたま会ったら様子がおかしくて」

「いつもおかしいだろ。今日もあいつ、なんか変わったと思わない？　って訊いてきてたけど、知るか！」

ヅカはまた笑う。

「いや、そうじゃなくて、なんだか、怒ってたんだ」

いつの間にか隣で寝ていたことは言わなかった。

「へえ、まあ気にすんなよ、あいついかれてるから」

「いやまあ、それはそうだけど」

二人してなんて言い草だろうか。

ヅカは三木さんのことを深く考えようとしない。それは二人の間にある長年の友人という信頼関係によるもので、時々それがひどく羨ましかったりもする。いつもは、そのヅカの信頼に救われることもあるのだけれど、今日は解決策のヒントの一つでも教えてほしかった。それくらい最近の僕は三木さんに心を乱されていた。

だから、迂闊にももう一歩踏み込んでしまった。

「いっつも笑ってるから、気になっちゃって」

「そっか? 結構キレてたり泣いてたりするよ。俺中学の時、八つ当たりでドロップキック食らった」

「それはちょっと見たかった。いや、も、もしかしたら、彼氏と喧嘩したりしたのかなって」

「優しいなお前! でも、ミッキー、彼氏なんていねえぞ」

「えっ！」

ガタリ、と椅子の音がするくらいびっくりして体を揺らしてしまった僕。昨日に続いて、らしくない大きな声も出してしまい、もし自分のも見えたとするなら頭の上に特大のびっくりマークが浮かんだだろう。でもそれが驚きを意味していたのも束の間、僕の体は血管にぬるま湯を流し込まれたような心地よさを味わった。

僕も案外、気持ちと体が直結しているタイプなのかもしれない。全身がむず痒くなってきた。それは、心配ごとが解けて体を流れていく感覚のような気がした。

僕は思わずため息をついてしまう。よかった。いつかは必ずあることだ。いや、過去にも当然彼氏がいたことくらいあるだろう。それに、もしいなかったところで、チャンスがあるなんて思ってるわけじゃない。でも、それでも、よかった。そう思ってしまう。

一通り、頭の中で安心を噛みしめて、僕はやっと目の前の友人の存在を思い出した。僕はどんな顔をしていたんだろう。ヅカは、びっくりしていた。綺麗な二重を全力でかっぴらいて、僕を珍しい動物のように見ていた。頭の上にはいくつものハテナ。

それらのハテナが、はしっこから順番にびっくりマークや句点に変わっていった時、僕はやっと気づいた。まずい。

それは、杞憂ではなかった。

ヅカの、驚きにまみれた表情が少しずつ、しかし力強く、笑顔に変わっていった。

それも、限界まで口角をあげた、最上級の笑顔に。

まずい。

「ヅ、ヅカ？」

「お前、お前、おま、お前ぇ！」

どうやらヅカはお前族になってお前語しか喋れなくなってしまったようだった。お前、お前と繰り返しながら長い腕を伸ばして僕の肩をばしばしと叩いた。とても、とても、嬉しそうに。まるで自分の片想いが叶いでもしたかのように。

からかわれたり、馬鹿にしてくれたら、僕も嘘をつけただろう。でも、ヅカはそんなことをしなかったから、僕は早々に観念した。認めは、しなかったけど。

「そっかー、マジかぁ、マジかぁ、そっかー！」

次はソッカーマジカー星人になったヅカの頭上には句点とびっくりマークの山。驚きと、納得を重ねて焼いたみたいだ。

「いやぁ、あのな、これ確かな情報だぞ。パラから聞いたから。最近、男出来たかってパラも思ってたらしくて、んで、ミッキーを問い詰めたら彼氏が出来たとかでは絶対にないって言ってたらしい。ちなみに俺はあいつがまだ先輩のことでいじってきやがるから、こっちも弱みを握ってやろうと思って、パラにアイスを奢(おご)って聞きだしたんだ」

地球人に戻ったヅカは、聞いてもないのに、丁寧に説明してくれた。

「でもアイス一個分の弱みは握れなかったね」

「いいよ、お前にとっては百個分くらいの価値、あったろ」

ニカリと笑うヅカは、本当にかっこいい。友達ながらに、そう思う。

だから、この後、知ることになる色んなことも、決して不思議じゃないと、僕は思う。だからといって認められるかどうかは、全く別の話だけれど。

「おつかれ、大塚くんほっぺにネギついてるよ。二人とも、今日も楽しそう、もしかして付き合ってる？」

「おう、パラ。アイス奢ってくれたら教えてやるよ」

それからのヅカは、食堂にいたクラスメイトが絡(から)んできた時も、食後のアイスを食べる時もとにかく嬉しそうで、僕もそんな友人を見て何故か嬉しくなってしまった。

アイスも食べ終わり、そろそろ友達に秘密を知られてしまった恥ずかしさで顔が爆発してしまうと思ったので、図書室で勉強をすると僕は高らかに宣言した。そうすればヅカはまた走りに行くと思ったのだった。案の定、ヅカは「じゃあ俺はちょっと走って来る」と爽やかに言った。まるで追い払うような形になってしまって申し訳なかったけれど、少し気持ちの整理が必要だった。

とかく最後まで嬉しそうだったヅカと別れて、僕は昨日と同じように図書室へと向かった。

ところが、一人になってみると、分かち合っていた恥ずかしさが凝縮されて全身を駆け巡るようになり、僕は結局なんの勉強もせず図書室の端でずっと身もだえしていた。

ただその痒さは心地よくもあって、寝不足の僕をやがてまどろみの中へと連れて行った。

起きた時、昨日と同じく図書室が閉まる直前だったことは言い訳のしようのない失敗だけれど、それを打ち消すくらいの充足感があった。

同時に謎が何も消えてないことに気がついた。

だったら、どうして三木さんは度々シャンプーを変え、ヅカにつっかかっているのだろう。

昨日、宮里さんが学校に来ていたらしい。それは我らがクラスのまああの話題となった。僕は、あーそうなんだテストだけでも別室で受けたのならよかった、という感想だった。ヅカは、昨日のこともあってか嬉しそうだったけれど、三木さんだけが、打って変わって、ご機嫌斜めだった。

虫の居所が悪いのか、女子達の「テスト後アイス食べに行こうよ」という誘いに相槌も打たず、ずっと頭上で句点を三つ点滅させていた。

機嫌の悪い女子に近づいていいことなんて何もないので、僕はヅカの長身の後ろに身を潜めて大人しく一日をやり過ごそうとしていたんだけれど、今日も、来た。

「ヅカ、何かちょっと気にならない？」

「…………ならないっ！」

僕の昨日の話がヅカを焚きつけたのかいやにテンション高く否定して、三木さんに睨まれていた。ついでに僕も睨まれた。僕は高速で目を逸らしたけれど、ヅカは笑っていた。

何が三木さんをそうさせるのか、彼女の挑戦もむなしく僕らは彼女の言いたいことをまるで理解できないでいた。試しに一回くらい、シャンプー変えた？って言ってみようか。いやいや、だからそんなの気持ち悪がられるのがオチだって。前も、そうだったろう……。

この日、全てのテストが終わるまで三木さんの機嫌が直ることはなかった。そろそろ機嫌を直しただろうかと近づいていって撃沈するクラスメイトが何人かいたので、僕には頭上のあれが見えていてよかったと久しぶりに思った。

四つのテストを終え、これで期末試験、全ての教科を終えたことになる。チャイムが鳴った瞬間、教室内に詰まっていた空気が抜ける音がした。全員の頭の上にびっくりマークや句点が並ぶ。

僕もほっとした。これで夏休みがすぐ来るわけじゃない、来週からは補講があって、ご褒美（ほうび）はその先だ。けれど、補講なんてボーナストラックみたいなもので、肩ひじ張って聴くものでもない。

宮里さんも補講くらいだったらぼんやり来れるんじゃないかな、そんなことを思ってたら掃除時間とホームルームが過ぎ去って、僕らは先生達が採点をする日と土日とで、合計四連休を手に入れた。

「俺、今日からバッチバチに部活だ。そっこー帰んの？」

「あーそうなんだ。うーん、帰ってからCD見にいこうかな。ミニアルバム、フラゲ出来るかもしれないし」

「あ、いいな。買ったら貸して」

普通の高校生らしい会話をしてからヅカと別れ、僕は不機嫌な三木さんとも、今日も来ているのかもしれない宮里さんとも会わずに、学校を離れ帰宅した。家でTシャツとジーパンに着替え、歩いて近くの本屋兼CD屋さんに向かう。

二十分ほどでお店に着き、中に入ると寒いくらいに冷房が効いていた。店員さんを見てみると、頭の上に読点が点滅していたし、カーディガンを着ていたので、もしかすると暑いというクレームでもつけられたのかもしれない。

たくさん並んでいる本達を尻目に、僕はCDの置いてある二階に向かう。探すと、目当ての品はすぐに見つかった。

最後には買うのだけれど、僕は我慢出来ず試聴機についたヘッドホンを耳に当てて早速そのCDを聴くことにした。この中身が、僕とヅカを繋ぐ唯一の共通点だ。

ヅカとは、一年生の初めに仲良くなった。くじ引きで前の席になった彼は僕のポケットから飛び出しているイヤホンを見つけて、何を聴くのかとあの笑顔で訊いてきた。以前は背が低かったという彼はその時には成長期も終えていて肌も焼けており、明らかに自分とは人種が違ったのだけれど、その笑顔のおかげで怖いとは思わなかった。

そこで答えたバンド名がここまで僕達の仲を繋いでいるのだから、不思議だ。そんな、不思議で繋がっている底抜けに男前な友達の喜んでいる笑顔を思い出して、僕は曲を聴きながらつい、にやついてしまう。だから、横にいたＯＬ風の女性と目が合った瞬間に相手の頭上にあったハテナがびっくりマークに変わり目を逸らされてしまった。反省する。

三曲目までを聴いてヘッドホンを陳列棚に戻し、ＣＤを手に取った。レジに持って行こう、と、したところで、僕は足を止めた。棚の向こう側から、知っている声が聞こえてきたからだ。棚は僕らの身長より少しだけ高く、姿は見えないけれど、声だけが聞こえてきた。加えて僕には、頭の上に浮かぶ記号も見えた。

この声は、パラこと黒田さんと、もう一人クラスメイトの女の子だ。ああそうそう、パラってあだ名の彼女のことを僕は口頭では黒田さんと本名で呼ぶ。別に理由はない、ただなんとなく僕はヅカ以外のクラスメイトをきちんと名字にさん付けくん付けで呼んでいる。そういえば、パラは仲のいい三木さんやヅカのことも名字で呼ぶ。

別に姿を隠す必要なんてなかった。顔を合わせてもなんとなく挨拶をすればよかった。それくらいのコミュニケーション能力、僕にもあるし、特にパラは誰にでも明るい人だから気さくに対応してくれるはずだった。

足を止めてしまったのは、彼女らの話題が原因だ。

「ミッキー、最近どしたの？」

クラスメイトからの質問に、パラが笑う。頭の上にはびっくりマーク、楽しそうだ。

「ふふっ、三木ちゃんに彼氏出来たとか思ってんでしょ？　どうやら違うらしいよ」

「何かあったの？」

パラの頭の上に更にびっくりマークがたくさん並ぶ。

「へへっ、これ、トップシークレットなんだけど、秘密にしとける？」

「ハーゲンダッツ三十個奢られたら喋っちゃう」

「そりゃ信用出来る」

三木さんと仲よくなると変な人になるのかな。そんなことを思いながら僕は、そのトップシークレットとやらに、耳をすませた。盗み聞きは、いけないとは分かっているけど、足が、動いてくれなかった。

動いてくれなかったのだから、後悔しても仕方がない。

パラは声を潜めもせずに、言った。

「なんか、三木ちゃんね」

「うん」

「大塚くんのことが気になってるらしいよ」

あー、そうなんだ。

まさかの名前に、足から力が抜けそうになったのを、かろうじて留めた。

棚の向こう、クラスメイトの女の子の頭の上に大きなびっくりマーク。

「へえ！ってか、だから、最近いっつも話しかけに行ってたんだね」

「そそ、何話してたのかは知んないけどね」

そうか、そういうことか。彼女らの会話で、僕はこれまでの三木さんの行動の意味の大体全てを理解した。

彼女らの言う通り、何度も「何か変わってない？」と訊いていたのはその所為(せい)だ。

気づいてほしかったのか。

ああ、そうか。流石だ、三木さん。ガツガツ、しすぎだろう。図書室での言葉も、そういう意味だったのか。綺麗な上靴も、なるほど。

僕は、もう少しで、その場に蹲(うずくま)ってしまいそうな気分になった。だから、ＣＤを買うのをやめて、早々にその店を立ち去った。

申し訳ないことをすることになる、ＣＤを貸せない。

昨日、彼が喜んでくれた顔が頭に浮かぶ。なんて、言えばいいんだろう。

そりゃ、アイス一個じゃ教えてくれないよ、ヅカ。

この日の出来事が原因で、その後の三日間、僕はテストも終わったのに眠れぬ日々を過ごすこととなってしまった。

日曜日、四連休最後の日、僕はやっぱりヅカや三木さんとどんな顔をして会えばいいか分からないでいた。ヅカから来たメールも返信せず、僕は部屋でじっとしていた。もしもメールで、あの日聞いてしまったことをヅカに送ったら、彼はなんて返すだろう。打ちかけたメールを消した。

目を閉じる。三木さんの笑顔、違うシャンプーの匂い、真っ白な上靴。

どうしても考えてしまう。考えてもどうしようもないんだけれど。

だから何か行動をしよう、そう思えたのはこの連休中初めてだった。

着替えて外出し、体を適当に動かしていると、足はあの日のリベンジとばかりに本屋兼ＣＤ屋さんに向いていた。

音楽を聴く気分ではもちろんなかったし、ヅカも既にＣＤを手に入れているかもしれなかったけれど、他にやることも見当たらなかった。

幸い、件(くだん)のお店は三木さんの使う場所ではないし、ヅカは部活中だろう。この町では学校を境に東と西にそれぞれ高校生御用達(ごようたし)のお店があって、東に住んでいる人は東、西の人は西のお店を利用する。三木さんが住んでいるのは東、僕やパラやヅカや、宮里さんが住んでいるのが西だ。だから、西にあるお店では基本的に東の人には会わない。

そのはずなのに、ああ、そうか、じゃああの時コンビニにいたのは。

こういうことを考えているからいけないんだろう。

お店に着いて、自動ドアを僕の体が開けた瞬間、冷気と共に、人が出てきた。

「うおっ、お、おお！」

頭の上にびっくりマークを出したり消したりさせながら、後ろに飛びのいた三木さんは、手に本屋さんの藍色(あいいろ)の袋を下げていた。

僕の心臓が、どくんと一度、強く脈打った。リズムを乱されいつもより更に声がつまずく。

「お、おおお、お、おはよう」

「……はは、どうしたの？　そんなに驚いた？」

自分が飛び上がったことを棚にあげ、三木さんはいつもの鼻にかかった笑い方をして、僕の緊張をいじってきた。僕は「お、驚いたよ」と言うのと同時に、頷いた動きで三木さんの履いているスニーカーを見た。真っ白に磨かれている。

店内から流れ出てきた冷気に交じって、あの、シャンプーの匂いがする。

そうか。なるほど。

三木さんの頭の上にびっくりマークが浮かぶ。

「CD買いに来たの？　なんかヅカが新しいの出るって言ってた」

ヅカの、笑顔が浮かんで、消える。

「うん、そう。み、三木さんは？　珍しいね、こっち側に」

「あー。うん、そうだね」

「く、黒田さんと約束？　それとも、ヅカ、とか」

普段なら、こんな踏み込んだ質問、しない、出来ない。でも、たとえ傷つくかもしれないとしても「気になる」の真実を知りたくて、気がつけば言ってしまっていた。三木さんの頭上に、びっくりマークとハテナが浮かんだ。疑問ではない。答えあぐねているのだ。

「うーん、そうだね、うーん、あ、とりあえず中入ったら、冷房逃げちゃうし」

会話を逸らす為に言ったのだろうけれど、三木さんは表情と頭上のマークが直結している。困っているのは、明白だった。彼女は、一切、嘘をつけない。

心中をばらさない、でもどこかに、ばらしたいという、高揚も、見てとれた。

五歩、足を前に進めると、背後で自動ドアの閉まる音がした。日曜日、店内に人は多い。僕らはなんとなく、入口近くで人の少ない、ガチャガチャが置いてある一角に移動する。

狭い空間で、ドキドキとした。三木さんは黙ってしまって、僕は心臓を高鳴らせる。

その高鳴りが、聞こえてしまうのではと思った。

寝不足か、極度の緊張の所為か、せっかく訪れたチャンスに、覚悟は、意外とすぐに決まった。いや、こういうのは魔が差したっていうのかもしれない。

「あの、み、三木さん」

僕はまず三木さんをプロレスで言うところのロープに投げる。

「ん？」

三木さんの頭の上には疑問のハテナ。

「さ、最近、何か、あった、の？」

それが、びっくりマークへと変わった。驚き、中には、喜びも含まれるのだろうか。

そうか、やっぱり。

なら、言ってしまってもいいのだろうか。

皆、とっくの昔に気がついていて、でも言わなかっただけだと。

「あ、あのさ」

「うん」

ついに、言う。

「三木さん、使ってるシャンプー、変わったよね」

三木さんの頭の上に特大のびっくりマークが浮かんだ。彼女は眼を見開いて、僕を見た。嘘をつけない彼女の顔が喜びを語る。

もう僕は三木さんの顔を見られなかった。自分が、どんな顔をしているか分からなかったから。

でも、そんな僕の思惑なんて、三木さんはドロップキックで粉砕する。今日はもう少しだけ優しくて、彼女は僕の両肩を摑み、至近距離での見つめ合いに持って行かれた。捕食される寸前の獲物。僕は、目を逸らせなくなった。

三木さんは興奮しているのか、少しだけ顔を赤らめているように見えた。この距離で、少し、なのだから流石だ。

目の前で、長いまつげが、ぱちくりぱちくりと、上下する。

「ねえ、それで？」

「……え？」

「それで、何か、私に、言うこと、あるよね？」

言うことと？　言うことって、なんだろう。

言うことなんて、そりゃ、許されるなら、一つはある。

普段なら、そんなこと出来るはずがないけれど、でも、ここを逃せばもうそんなチャンス二度とやってこないのだと言い聞かせれば、口を滑らせることくらい出来るかもしれないと、そうも思えた。

三木さんは、待った。僕の、その何か言うこととやらを。ふつふつと燃える感情を、頭上で点滅させている。

持久戦に負けたのだろう。僕の中で、糸が、ぷつんと切れた。

たった一言言えばいいだけだった。

三木さんのことが……。

「み、み、み」

「……うん、何？」

「み……宮里さんも同じシャンプー使ってるよね？」

うん、僕にそんな勇気があるわけがなかった。ここまで来ておいて、なんて、情けない。

自分自身に、落胆し、項垂れる。

そのタイミングが、悪かった。

僕の顎に、三木さんの肩がクリーンヒットした。僕は、アッパーを食らったように上を向く。

天井が見えて、それから、あのシャンプーの匂いを、今までで一番近くに感じた。

三木さんに抱きつかれていることに、やっと僕は気がついた。

全身の血の流れが、一気に加速する。

「み、三木さんっ！　ちょっと」

「よかったあああああああああああ！」

三木さんは離れてくれず、耳元でそう叫んだ。

な、何が？

「よかったあああ、もう間に合わないかと思ったあああ」

「ど、どういうこと」

僕の疑問に、三木さんはやっと首にかかっていた腕を放してくれた。そして僕の前に立ち、恥ずかしさなんて微塵もない様子で、目を爛々と輝かせていた。

「これで、宮里ちゃんがクラスに来れるっ！」

「……………宮里さん？」

僕の言葉は、三木さんの体温の余韻で震えていた。

「そうっ！　宮里ちゃんと約束したのっ！　もし君が、宮里ちゃんのこと、嫌いなんかじゃないって分かったら、宮里ちゃん、学校に来るって！　本当よかった、もう、もしかしたら鼻づまりで気がつかないんじゃないかって毎回君の体調訊いたりしてさ、でもちょっとわざとらしすぎるかなって思ったり、どう？　わざとらしすぎた？」

「ど、どういうこと？　な、なんで僕が宮里さんを嫌ってることになってるの？」

「それはこっちが訊きたいよ！」

三木さんは、いきなり表情をキッと真面目なものに変えて僕を睨んだ。もう、このクレイジーな人は何がなんだか分からない。記号は見えるのに、感情の唐突さが読めない。

「君さ、前に宮里ちゃんのシャンプーの匂い褒めたでしょ？　なのに、その後くらいから冷たくなったって、なんで？」

三木さんに押され、僕は後ずさり、やがて僕のかかとは本屋の端っこの壁に辿りついた。

「その辺、ちゃんと説明してもらおうじゃないかっ！」

追い詰められた僕には、三木さんの「ははっ」がとても響いて聞こえた。

あれは四月だった。僕の隣にはまだ宮里さんがいて、僕らは一年生の頃から同じクラスだったこともあり、それなりに仲がよかった。

宮里さんはとても無口だった。隣の席にいる僕が落とした消しゴムを拾ってくれる時にさえ、声をかけるのを躊躇っていたくらいだ。

でも僕が話しかければ応えてくれたし、ＬＬ教室なんかでは画面を見る時にあれだけくっつくのだから、逆に普段話さないのが気恥ずかしく思えて、色々とつまらない話をした。

ある時、僕は彼女の上靴を見て褒めたことがある。まるで新品のように真っ白だった彼女の上靴、訊いてみると手入れをしてずっと履いているらしい。彼女の趣味が身の回りの物のお手入れという奥ゆかしさ極まるものだというのもこの時に知った。褒めると彼女は、頭の上にびっくりマークを浮かべ控えめに「ありがとう」と言ってくれた。

それくらいには仲がよかった。きっと何か共鳴のようなものを感じて仲がよかった、ものだから、僕は調子に乗ってしまった。

いつものようにＬＬ教室で隣に座り、流石に慣れてきたが恥ずかしいほどの距離に寄って英語教材を見た。先生が事務室に引っ込んで、皆がこそこそと会話をしている抜けた空気の中で、僕は宮里さんの、その匂いに気がついた。

なんの気なし、だった。

「宮里さんが使ってるシャンプーって、ビリアン？」

頭の上に、特大のびっくりマークが浮かんだ。僕は、それを、嬉しさだと勘違いしてしまった。

「中学生の頃流行ったよね、匂い好きだったな」

世間話レベルで言ったものだったから、その後の宮里さんの反応は全く予想していなかった。

宮里さんの頭の上に、たくさんの記号が浮かんでは消えを繰り返した。それは、困惑、不快、混乱、動揺、そういった感情を表すものだった。その反応に、こちらまで動揺していると、ついに宮里さんは少し涙を浮かべて、ぷいっとそっぽを向いてしまった。

自分が調子に乗って、踏み込みすぎてしまったことを、心底後悔した。だから、僕はそれ以降、彼女に出来るだけ変なことを言わないようにした。宮里さんのようにつつましやかに、言葉にブレーキをかけて。

やがて、隣の席だというのにほとんど会話をしなくなったころ、ゴールデンウィークが来て、宮里さんが、来なくなった。

そう、ヅカと同じように僕にもあの匂いに思い出があった。だから三木さんの変化に気づいた。

そして、前に、シャンプーの匂いについて発言して、相手に不快感を与えてしまったことがあったから、三木さんに言えるわけなんてなかった。

「ははっ、なぁるほどねぇ」

一応、お店の迷惑になるからと外に出て、駐車場の端っこで、もちろん記号のことやそれで分かった心情はオブラートで何重にも包みつつ、事情を話す僕の目をじっと見たまま、三木さんは相変わらずの鼻にかかった声で笑った。

「君達は二人ともいい人だなぁ」

三木さんはよく意味が分からないことを言った。

「二人とも人を気遣いすぎなんだよ。もっとさ、こう、私とかパラみたいに超適当にやってりゃ適当に上手くいくこともあるよ、あ、でも全員私らみたいになったらハッピーなことしかなくなって世界崩壊しちゃうね！　ははっ！」

「………いや、あの、でさ、どうして、僕が匂いに気がついたら、宮里さんが、学校に来ることに、なるの？」

僕の問いに、三木さんは「私の番だね！　待ってました！」と記号と表情で言った。

「私さ、宮里ちゃんと全く仲良くなかったの」

突然な告白をされて、僕は驚くべきだったかもしれないけれど、驚かなかった。そりゃそうだろうなと思った。教室という場所には本人の意思とは無関係に居住エリアがある。敵対するわけでも敬遠し合うわけでもない、でも、人はどうしても同じタイプの人同士で固まってしまうものだから、そのエリア外のクラスメイトとは会話することすら珍しいということになってしまう。僕と三木さんが、こうして話しこんでいることはとても珍しいことで、僕とヅカが仲がいいことはとても珍しいことで、だから、三木さんと宮里さんの距離が遠くても、不思議じゃない。

「でもね、最近、仲良くなっちゃった」

それも、そうだろうなと思った。じゃなきゃあ、ビリアンの匂いを問題にはしない。宮里さんからリサーチしたんだろう。

「一ヶ月くらい前かなぁ。パラの家からの帰りがけににわか雨が降ってきたのね。傘持ってなかったからどわーって思って走ってたら、庭先で洗濯物取り込んでる宮里ちゃん見つけて、必死そうでそりゃ助けるよね。そしたら私、制服ごとびっちょびちょ。んで、はしょるけど、泊めてもらっちゃった」

そのはしょったところに、きっと宮里さんの色んな葛藤と格闘があったんだろうなと僕は労をねぎらいたくなった。

「最初はぎくしゃくしてたけど、ほら、私、人の心はこじ開けるもんだと思ってるから、相手が諦めるまでなれなれしくするから、宮里ちゃんも諦めて色々話してくれたの。そしたら、学校に来ない理由、なんて言ったと思う？」

「な、なんだろう」

「君に嫌われてるから、席替えがあるまで来ないって言ったの！　私、ホントに君の家見つけてラリアットしようかと思ったからね！」

予想外の宮里さんの答えと、危なく三木さんから食らうことになってたラリアットを想像して、僕は声にならない悲鳴をあげた。

「そ、そんな、僕の方こそ、宮里さんに嫌われてるって思ってて」

「だから二人とも気を遣いすぎなんだって。宮里ちゃんね、このシャンプーの話をされた時に、嫌な顔しちゃったって。最初は、からかわれてると思ったんだって」

「ち、違うよ」

「でしょ？　でも、宮里ちゃんはなんでかそう思っちゃったんだって」

……そうか、頭の上の記号が見えないと、相手の言葉の中にある感情が分からないんだ。やっぱり僕は人の立場に立って物事を考えられないひどい奴だ。

「ほらぁ、またそんな深刻な顔してぇ。笑え笑え。何か、宮里ちゃんがからかわれたって思った心あたりあるの？」

本当は、一つ、思いつく節があった。でもそれは、きっと僕や、宮里さんのような人にしか分からない感覚で、別にヅカや三木さんが悪いわけじゃないけど彼らには分からない感覚で、だから、首を横に振った。

「そっかぁ」

宮里さんは、きっと僕がいけてる子達と同じものを身につけるのを恥ずかしがるように、そういう子達と同じシャンプーを使っていることに後ろめたい気持ちがあって、からかわれていると思ったのだろう。宮里さんの内気には、奥ゆかしさだけじゃない、自信のなさも、含まれていたんだ。

そして、それを勘違いした僕が、余計なことを言わないようにしたのが、冷たくなったと受け取られた。

「まあそんでね、じゃあ、君が宮里ちゃんを嫌ってないって分かればいいわけじゃん？　だから訊いて来るって言ったんだけど、宮里ちゃん、なんでか私が訊いたら君は嘘でも嫌ってないって言うに決まってるって言うの」

僕は、顔が熱くなって爆発するかと思った。三木さんの得意な古文に出てきた短歌を思い出す。ものや思うと人の問うまで。

「じゃあどうやって確かめるんだって、激ムズだったよ！　私はほら、君は宮里ちゃんを嫌ってないって信じてたから、シャンプーのことも感じたことを本心から言ってると思って、じゃあこれに気づかせようと思ったの」

三木さんは自分の髪にさわる。

「ラリアットしようとしてたのに？」

「それはともかく、本当に宮里ちゃんを嫌いだったら、話題にも出さないでしょ？」

そうとも限らないと思うけど、と考えてから気がついた。そうか、この人はきっと、嫌いな人の陰口を絶対に言わないんだ。やるなら、直接ドロップキック。

「だから、君からこのシャンプーを通じて宮里ちゃんの話題が出たら、私の勝ちってことで」

「な、なんの勝負なの。他に、ヅカに代わりに訊かせるとかあったと思うけど」

「駄目駄目、宮里ちゃんが他の人には喋らないでって言ってたし、それにヅカ、あいつ君のこと大好きだから全部洗いざらい喋っちゃうでしょ。あ、喋んなかった私が嫌いってわけじゃないよ？」

友人としての嬉しい評価だったけど、僕はそれより「あ、あれ？」と思っていた。それは先日パラが言っていた「気になる」という件についてだ。

「で、直接は言えないからさあ、ヅカが一緒にいる時に話しかけにいったわけ。で、それとなく気づかせようとしてるのに、あいつ話すぐぶったぎって、関係ないことばっかり言いやがって！」

あれが、それとなく？　流石だ。そっかでも、三木さんも気になる人に直接は訊かなかったわけだ。って、あれ？

「だから宮里ちゃんと同じ状況作ったの、なのに気づかないから、図書室であったまきて、でも私、耐えたよ！　直接は言わなかったでしょ？」

あれはそういう意味だったのか。え、じゃあ、あの時言ってた「女の子」って。

「そもそも間接的コミュニケーションって得意じゃないんだよなぁ。気になる人に自分の考えをそれとなく伝える方法、パラに訊いたりしてさ」

……………………ん？

「え！　あれ、気になるってそういう意味？」

「あれって、どれ？」

思わず口をついてしまい、僕は慌（あわ）てて口を結ぶ。おかげで、胃の底から上がって来た落胆と安堵（あんど）が口の中に留まってくれた。「なあんだ」なんて言わずに済んだ。

あーそうなんだ、でも、そりゃそうか。

まかり間違って、本当の気持ちなんて伝えないで本当によかった。とんだお調子ものになるところだった。勘違いも甚だしかったと知るだけですんで、よかった。

もちろん、がっかりしてるのは、本気の本気だけれど。でも、肩にかかった重さがすっと下りる気もした。

「もしかしてパラがどっかで喋ってたの？　あいつ！　ぶっとばす！」

たけり狂った顔をしていた三木さんはすぐに怒りの感情を全て忘れたように頭の上にぴこんっとびっくりマークを浮かべた。

「よーし、じゃ、一緒に宮里ちゃんちに行こうか！」

「あーそうなんだ。え、今から!?」

僕が自分の頭上にでっかいびっくりマークが浮かぶのを想像しながら言うと、三木さんはハテナを浮かべた。

「え？　うん、私、最近宮里ちゃんちで勉強合宿してたからそのお礼に雑誌買ったんだもん。おかげで今回の数学、ばっちりだよ。宮里ちゃんが言ってた部分、全部出たっ。暇じゃないの？　あ、ＣＤ買うんだったね、待っててあげる、買って来て」

冗談じゃないの？　と思いながら、でも三木さんに逆らうことの出来なかった僕は促されるまま、ＣＤを買いに行くことにした。

すぐ戻って来る僕に手を振りながら、とび切りの笑顔でまぶたをしばたかせて、三木さんはこんなことを言った。

「ああでもこれで、宮里ちゃんが楽しく学校に来れるなんて本当によかったよっ！」

頭の上に特大のびっくりマーク。嘘じゃない、冗談じゃない、社交辞令じゃない。本気でそう思っているんだ。

クレイジーでかなり変で、今回はちょっと勘違いでがっかりしちゃったけれど、でも、僕はやっぱり、この人のことが好きでよかった。

なのに明くる日、僕はまた寝不足で落ち込んでいた。

「どうしたんだよ、朝飯食い損ねたか？　いるか？」

朝の時間、ぼうっと座っていると、優しいヅカが袋に入ったパンを持って来てくれた。彼はどかっと隣の席に座る。

「いや、大丈夫、それよりそこどいた方がいいよ」

「なんで？」

なんでって、答えようとした時に、クラスがざわついた。

「皆っ！　宮里ちゃんが来たよ！」

一緒に教室に入って来た三木さんが高らかに宣言して、後ろに立っていた宮里さんがとてもとてもとてもばつの悪そうな顔でたたずんでいた。でも、不愉快には思っていないことが、頭上の記号で確認出来た。

前までの宮里さんならあんなことをされたら逃げちゃったんじゃないだろうか。でもきっと、彼女も三木さんのことが大好きになったから許している。分かる。憧(あこが)れてしまうんだ。僕や宮里さんのように、色々なことに気を遣いながら生きていると、それらを全部ぶっとばす太陽と北風を全部混ぜ込んで、旅人の憂(うれ)いや不安を力ずくでひっぺがすようなあのパワーに。

隣のヅカを見る。彼も二人を見て喜びを表情と頭上に浮かべた。そして僕にそのままの笑顔を向けてくれた。

「よかったな」

ああ、本当にいい奴だ。このヅカって男は。

だから、納得は出来るんだけど、納得は出来るんだけども、やっぱり、それと認められるかっていうのはまた別の話で、何度だって僕は落ち込む。

昨日、宮里さんの家にお邪魔し、大層驚く彼女に三木さんがことの経緯を説明した。僕が謝って宮里さんにも謝られて、ぎこちないながらも友人の一歩手前みたいな関係くらいには戻れそうなところで、宮里さんに何かあだ名をつけようっていう変な話になった。

「何にしようかなぁ。なんでもいいんだけどね、私、ミッキーって呼ばれてるけど、三木って名前だからじゃないし。私笑う時すっごい声が鼻にかかってるらしいの、そんで瞬(まばた)きもたくさんすんのね、それでヅカがどっかのキャラに似てるなっつって呼び始めたの」

「へぇ」と控えめに感心する宮里さんに気をよくしたのか、更に三木さんは続きを話した。

「だから私もあいつにあだ名をつけてやったわけ、あいつ今はちょおっと背が伸びてちやほやされてるけどさ、中学の頃は美形の女の子みたいな顔してて、男だけど宝塚入れるんじゃないのって言って、んで、ヅカ。本名、高崎博文なのにね、ははっ」

そうやって笑う三木さんの声はやっぱり鼻にかかっていた。

きっかけは僕が作った。多分、三木さんと宮里さんと、前より少しだけ仲良くなれたことに舞い上がっていたのだ。

「ヅカと仲良いよね」

「まあ、同じ部活だったからねぇ。腐れ縁みたいな」

それを聞いた宮里さんが、とどめをさした。

「あ、恋人じゃないんだ。てっきり」

小さく控えめで慎ましやかでお淑やかな声、その一言を聞いた三木さんが、爆発した。

本来、そんなことを言われたら騒ぎ立ててヅカへの罵詈雑言をはきそうな三木さんは、顔を真っ赤にして俯き、ぼそりと「んなわけないじゃん」と漏らした。

もはやそれは頭上の記号を見るまでもなく、どういう意味なのか、僕に分からせた。

あー、そうなんだ、なんて流石に言えるわけない。

僕が叫び声を心の中であげていると、宮里さんに膝をちょいちょいとつつかれた。見ると、彼女は何故か、僕に向かって小さくガッツポーズをしていた。やっぱり、三木さんと仲良くなると、皆変な人になるんだ。僕はそんなことを現実逃避的に思った。

皆の視線が宮里さんに集まる教室で、ヅカが椅子からどくと、まだ騒いでいる三木さんの脇を抜け、宮里さんがおずおずとこちらに向かって来た。そうして僕の顔を見ると、笑顔になってくれた。

僕は落ち込んでいた。確かに落ち込んでいたのだけれど、その表情と頭上の記号を見て、もちろん三木さんのことは棚上げ出来ないとして、でも、今日のところは宮里さんが来てくれたのだからいいか、そんな気になった。

「おはよう、大塚くん」

小さく控えめな声と一緒に流れてきたのは、あのビリアンの匂いだった。

かくしごと

ヒロインよりもヒーローに憧れていた。可愛いドレスよりもかっこいい変身ベルトがほしかった。王子様に守られるよりも悪から弱きを助けたかった。

もう高校生だし、この世界にヒーローも悪の怪人もいないって分かってる。でも、私の憧れは子どもの頃のままだ。

「出た！　ミッキーのドロップキック！」

ドロップキック？　違うんだなぁ……。


人が最も悩むのは人間関係、なんていうけど、人間関係なんて簡単だ。そんなの、心臓のとこに見えるシーソーみたいなバーのバランスをちょうっとプラス側に傾けてやればいい。最初は心を閉ざして、私の猛攻にドン引き、バーはマイナスに傾いてても、愛の重さでプラスにする。それだけのことだ。それでふられたことがある気もするけど、悪いことは忘れた忘れた。うん、忘れられる。

だから、普段はめったに悩まない私が悩むのは、人間関係なんかじゃない。もっと、別のこと。

「ミッキー、キックもばっちりだったね」

文化祭練習後の女子更衣室、ブレザーに両腕を通したところで、後ろからかかった可愛らしい声。すぐに誰だか分かって、振り向きざま彼女に抱きついた。

「かっこよかった?」

「うん、来週の本番も大成功しそう」

「ありがとう! ははっ、いい匂い!」

髪の匂いを褒めると、エルは恥ずかしそうに笑いながら心臓のバーを右に傾ける。プラスだ。友達の感情がプラスに傾くのを見ると、嬉しくなって私の感情もプラスに傾く。

「お、ショップバッグ可愛いじゃん、水玉」

「ありがとう。ミッキーのトートも新しいね、可愛い」

エルは控えめにこりと笑ってくれる。実はこの子、ちょっと内気で、前は私が抱きつくだけでバーがマイナスにぐうんって傾いてた。そこから仲良くなれたことに私は毎日嬉しくなる。そう、人間関係なんて大抵嬉しいことしかないのだ。

ちなみにエルって呼んでるけど、外国人じゃない。目が大きくて笑った顔がセサミストリートに出てきそうだから。別に全身真っ赤とかではないけど、そういうあだ名になった。私もミッキーだけど、日本人。理由は、私の笑い方が鼻にかかってて、どっかのキャラクターの声みたいに聞こえるかららしいんだけど、そうかなぁ。

「どわぁ！」

私が自分の癖について考えていると、目の前の小さなエルが飛びあがって悲鳴をあげた。

一体どうしたのか、なんてエルの後ろにパラが立っていたからこいつが何かやったってのはすぐに分かった。

「ああ、さっき抱きついてたから触り放題なのかと思った」

そう言いながらパラはすました顔でエルのスカートの中に突っ込んでいた手を抜く。加えて「宮里ちゃん、お尻（しり）にニキビ出来てるよ」なんて言うんで私はエルを引きよせてパラから守ってやる。

「やめてよねー。エルをあんたのパッパラパーにつきあわせんの」

「ごめんごめん、じゃあほら、私は触り放題だよ」

言って、バンザイするパラ。あまりに馬鹿みたいだったのでエルに「触ってあげたら」と言うと、彼女はパラのお腹を指先でつんとした。ひかえめ！　可愛らしい！　でもそんなんじゃ仕返しになんないので、私が手本を見せてやる。

「こうやんだよ、おらっ……って、え」

まずお腹を触って、それからパラお気に入りの真っ赤なセーターの編み目に沿って手を上に這わせ、ある部分まで触ったところで私は咄嗟に手を引いてしまった。

「もういいの？　じゃあいこかー」

セミロングの天パを指でいじりながら眠そうな声を出すパラ。平然と出て行こうとするその首根っこを捕まえて部屋の端に追いやり、外の男子達に一応聞こえないように声をひそめる。

「ちょっ、パラ、な、なんでつけてないのっ」

「えー、あ、ブラ？　えー、乙女の秘密」

何言ってんだ！

もう出会ってから何度目か分からないツッコミを心の中でしていると、パラはこっちが問い詰めてるのがおかしいとでもいうように眉間に皺を寄せた。

人間関係なんて簡単だ。簡単な、はず、なんだけど、でも実は、この子だけは、このパラだけは何考えてんのか分からない。だって、この子のバーだけ、マイナスにもプラスにも傾かず、かといってバランスもとらず、ずっとくるくる回ってるんだもん。見てるとなんか悩みとかそういうの色々馬鹿らしくなってくる、そんな奴。パッパラパーのパラには、私の啞然とした気持ちは伝わらなかったみたいだ。パラは私達の隙をついて脇を抜けさっさと外に出ていってしまった。

パラのノーブラにかまけて私の悩みのこと忘れてた。

簡単に言うと、進路の話だ。

進路相談。大学を選ぶとか、学部を選ぶとか、学科を選ぶとか、細かいことは全部置いとくと、どんな自分になりたいのかってことでしょ。バーが見えない自分のことが、一番難しい。

「文学部はなぁ、就職活動きついぞー。三木が四年間のうちにスポンサーを見つけられればいいけどな」

「ヒモってこと？　やーだよ。退屈で死んじゃうと思う」

「まずは敬語を覚えないとうちから大学には行かせんぞ」

先生は急に真面目な顔を作るけど、心臓の上のバーは少しプラスに傾いている。先生だって本当は堅苦しくなんてしないで、気楽に喋りたいのがばればれ。でも、先生には私達と違って立場っていうのがあるから、それに付き合ってあげる。

「わっかりましたせんせー。考えときまーす」

そう言ってお茶を濁して、こないだの二者面談は終わった。

そして週明け、月曜日。

「っはよー、三木ちゃんどしたの、ぼうっとして。ラブレターでも入ってた？」

「……パラ、おはよーって、ははっ、イメチェン？」

考え込むとぼうっとしてしまう癖を下駄箱前で発動中、声をかけられて振り返ると、パラがいて、彼女の髪は何故かいつものくりくりからストレートになっていた。思わず触ってしまう、うおっ、サラサラだ。そして、近づいた拍子に何故かパラまで一歩こっちに踏み込んできたものだから、髪以外にも触ってしまった。その感触に、正直髪のことはどうでもよくなった。

「パラ、あんたそれホント男子にばれたらどうすんの！」

「すごい解放感。空飛べそう」

パッパラパーと煙は高いところが好きなんだっけ。相変わらずパラの心のバーは楽しそうにくるくると回っている。

「そんで？ ラブレター？」

「違うよ」

「違うって普通に言えるのが三木ちゃん凄いよね、貰ったことあるってことだもん」

「うっさいなー。進路しーんろ、進路で悩んでんの」

「なんか決まってなかったっけ？」

「うーん……」

「進学でも就職でも行きたいとこ行きゃいいじゃん」

なんでもないことのように何も考えてないみたいに言い放つパラ。そんなこと分かってるけど、そうもいかないんじゃん。先生も言ってたけど、就職のこととかもちゃんと考えなくちゃいけない。後悔のない選択をしないといけない。その折り合いってのは、難しいんだ。

ぷーっとパラに向かって唇を尖らせると、パラが真顔で躊躇なくこっちに詰め寄ってきたから私は咄嗟に後ずさる。履きかけの上靴だけが元の場所に残った。

「あー、ちゅーしてって意味かと思った。情熱的なの。ほい」

パラは上靴を持ちあげ私に渡してきた。自分の行動になんの疑いもなさそうなパラ。私も友達をすぐ蹴(け)ったりするからクレイジーだって言われる方なんだけど、不本意だ。クレイジーってのはこういう奴のことを言う。

受け取った上靴を履いていると、パラは唐突に「大丈夫」と呟(つぶや)いた。

「何が？」

「私の大好きな三木ちゃんが選んだ道なら間違いはないよ」

そうパッパラパーだから、こういう恥ずかしいことも真顔で言えちゃうのだ。

ほとんどの人のバーの動きは、差はあれど同じ感じ。だけどたまに他とはちょっと違う動きをする人もいる。うちのクラスには三人。一人はご存知パラ。あと二人は男子。

「ミッキー、ホール使えるから放課後、劇出る奴と演出やる奴だけ集合だってさ」

一人目の男子は、帰りのホームルーム前、私の席の横を通り抜けざまに頭上から声をかけてきた奴、通称ヅカ。前は背も低くて女の子みたいな顔つきだったから、男だけど宝塚に入れるんじゃないって私が呼び始めた。最近は背も伸びて女の子達からちやほやされているのがちょっと気に入らない。ヅカは私が何を言っても、心のバーが微動だにしない。バーは完全に心が落ち着いている時には平行な二本線になる。私と話す時、ヅカはいつもそれだ。少しくらい心動かしたってよくない？

「分かった！　ありがと」

まあヅカのことなんていい。

紹介を続ける。もう一人の男子は今、私の後ろの席に座っている。彼はヅカとは真逆、私と話すといっつもバーがそれこそシーソーみたいにグワングワン揺れている。多分、今、突然振り向いても。

「わっ、ど、どうしたの？　三木さん」

「んーん、なんでもない」

ほら。あんまりに動いてるから最初は、ははーんさては私のこと好きなのか、もてる女は罪だねなんて思ってたけど、多分違う。だって、私のことを好きなら、話した時バーはプラスの方に揺れるはずでしょ？　彼のバーはマイナスの方にも傾いてるから、きっと私のことが苦手で動揺してるだけだ。それを自分に恋してるって思うなんて。自意識過剰。正直恥ずい。まあいい、今後は彼のバーがマイナスに傾かないようにもっと馴れ馴れしくしなくちゃ。

とはいえ、彼の横の席にはエルが座っていて、最近私はもしかすると二人はいい感じなんじゃないかって思っているから馴れ馴れしさもほどほどに。二人は仲がいいし、話してる時どっちのバーもプラスに傾いてる。カップルのどっちとも友達っていいよね。思いっきりいじれるし。

ちなみに彼にあだ名はまだなくて私が考え中。近頃はパラが彼を下の名前で呼び始めたから、皆して京（きょう）くんと呼んでる。

「じゃあ、出演者と音響照明はホールに移動して。んで、衣装班、道具班で残れる人は宮里ちゃんのところにぃ！」

帰りの挨拶（あいさつ）を終えた瞬間、間延びした大きな声が教室内に突然響き渡る。一番前の席でパラが天井に向いて叫んだのだった。先生に「声量考えろ黒田！」と注意されてもパラは「気合入ってます」とかみ合ってない返事をして結局謝らずに振り返り、クラスメイト達に個別に指示を出し始めた。

なんとなく分かると思うんだけど、私達はこれから今週末の文化祭に向けた準備をするのだ。土曜日がステージ演目の日で、日曜日は模擬店の日。どっちかをそれぞれのクラスが選ぶんだけど、うちのクラスは派手なステージの方を選んだ。そして実はその先頭に立っているのがパラ。

あれは一ヶ月前のこと、文化祭に向けた話し合いの第一回。いくらうちのクラスが仲がよくても文化祭の話し合いなんて、だらだらと意見が出て結局は多数決で、みたいなことになると思ったのに、手をあげたパラの自信満々の言葉が一瞬で会議を終わらせた。

「ヒーローショーをやろう。目立ちたい人がヒーローと怪人をやればいいし、興味があるけど前に出たくない人は一般人と悪の戦闘員で出ればいい。裏方やりたい人は衣装作りとか演出とか腕の見せ所だ。脚本は私、そんでビデオも撮っといて大学のＡＯ入試でそれ提出するつもり。全員私の目標に協力してください。以上」

オブラートを舐め溶かすなんてもんじゃなく噛みちぎったパラの意見。でも、彼女の主張以上に強い希望を持つ子なんていなくて、「それ面白そうじゃん」が伝染していくのは早かった。幸い、うちのクラスにはエルみたいな手先の器用な子もいたし、ヅカみたいな男子を盛り上げる奴もいた。そして、ヒーローをやりたい自意識過剰で目立ちたがりで派手好きの人間もいた。そう私だ。

そんなこんなでとんとんと私達のクラスは文化祭でヒーローショーをステージ演目としてやることに決まった。実は既にパラは演劇部に見学に行っていて、更には台本まで書いておりその日のうちにクラス全員に台本が手渡された。

もちろん皆が、目標に向かうパラの後押しをしたいと考えたというのもある。まったく良いクラスだ！

パラも同じ様に思ったのだろう。「皆最高だ、絶対忘れない文化祭にしよう」なんて、どこでも言い古されただろうくっさい台詞、でもパラが言うと、嘘じゃなく聞こえる。きっと何も考えてないからだろうけどね。

「おいっ、このノーブラ野郎っ」

「うん、そーだよ。もしかして疑ってる？」

ホールに行こうとするパラに追いついて話しかけると、ノーブラ野郎はかろやかにブレザーの前ボタンをはずし、セーターとシャツをスカートから出してたくしあげようとした。いつも着てるバンTまで指に引っかかり白いお腹が見えたところで私は慌ててパラの手を抑える。

「何やってんの！」

周りにはクラスメイトがたくさんいて、何事かとこっちを見た京くんなんかはさっと目を逸らして早足で行ってしまった。

「そういえば宮里ちゃんがね、衣装が早めに出来て頭の部分も手作りするかもって言ってたから、後で三木ちゃんの頭はかるね」

「もっと、ははっ危なく京くんに見られちゃうところだったね、とかじゃないの？」

くずれた制服姿のまま真面目な話を突然しだすパラ。私のツッコミにもきょとんとする。これがパラの特別いかれてる部分だ。この、ふざけきってるのに私は何もふざけてませんよって顔っ！　このクレイジーさがヅカや京くんには伝わらずに、私がクレイジーだなんて言われるんだから心外だ。や、でも最近、京くんにはようやく伝わり始めたみたいで少し安心。これで彼の私への苦手意識もちょっとは薄れるかも。

ちなみにそう、彼もホールの方へと向かっているのは出演者の一人だから。本来、彼はそういう前に出るタイプじゃないけどパラの命令で出演することになった。彼は最近とある理由でパラの支配下に置かれている。心配だけれど正直ちょっと面白い。

「さあ、今日もやろかー」

ホールに入るなり楽しそうなパラ。皆のバーもおおむねプラスだ。

あと一週間、受験のことも何も気にしないでいい最後の文化祭への準備、大詰めが今始ま、ああああ、進路どうしよおおおお。

「ホントだスゴい、カチカチだぁ」

右手でアイスを食べるパラの左手指を触りながらエルが心の底から感動したように声をあげる。いい子だ！

「京の指も少しずつ硬くなってるよ」

私が向かいに座る京くんに「左手見せてー」と頼むと、パラが「違う違う」と横やりを入れてきた。

「京は右手だよ。レフティなんだ」

パラにちょいちょいとされ、おずおずと差し出される京くんの右手。触ってみると、パラ程じゃないけれど、弦をおさえる部分の手触りが違っている。と、私がべたべた触っていたら案の定、京くんのバーはぐらっぐら。パラやエルが触ってもそんなことにはならないから、私は遠慮して、なんて思わない。もっとべたべた触ってやる。ショック療法だ。今んとこ効果はない。

それどころか今日は男の子一人ってことでばつが悪いのかいつも話す時以上に、バーが揺れてる。クラスメイトに囲まれて緊張してるなんて不思議。なんでこんなことになってるかって、いつもは京くんと一緒にいるヅカが今日は部活の集まりで、取り残された京くんを食堂で見つけたから捕まえたの。

「夏休み全部使ってるんだから、指も硬くなるし、多少は弾けるようにもなってるよ。

今度披露しなよ」

「聴きたいなぁ」

　エルに期待のこもった目を向けられ、京くんは首をぶんぶんと横に振るが、それを師匠に止められる。

「おい、京、師匠命令だ。私も京に教えるためにいちから練習し直してるんだから。文化祭終わったら一曲決めて練習、そんで皆の前で披露。宮里ちゃんも三木ちゃんも我が弟子の成長を楽しみにしといてよ」

　師匠命令に京くんはげんなりとした顔をしてみせる。でも実は心のバーはほんの少しだけどプラスにも傾く瞬間があって、私にだけ分かる。うずうずとしているんだ。心の動きは正直だ。嘘なんかつけない。怖さと一緒にある武者震い。京くん、いいじゃん。

「京くんはギターに文化祭に勉強に大忙しだね、ははっ。あと、進路のことも考えなきゃいけないし、はーあ」

「未来の話だっていうのに、溜息（ためいき）をつくなんて三木ちゃんらしくないね。溜息で空は飛べないよ。でも、ジェット噴射くらいならあるいは」

　立ちあがり、空に飛びあがろうとするパラを無視して、私はエルと京くんに目配せする。

「んなこと言うけどさー。頭が重くなるような問題だよ、一生の問題だもん」

「ノーブラにしたら？　体だけでも軽くなる」

立ったままパラは自分の胸を寄せてあげだしたので、首根っこを捕まえて椅子に座らせた。この子なんといまだノーブラで登校してきてるのだ。

せっかく良い機会だからエルや京くんにも進路の相談をしてみようかと思ったのに、私達の愉快な昼休みはパッパラパーな発言を最後にチャイムを迎えた。私達は真面目なので食器を返し、ゴミを捨てて、それぞれの掃除場所へと散る。

馬鹿みたいだけど、それぞれ違う掃除場所に向かう自分達の様子に、一年半後にはばらばらの道に歩み出してしまうことを思い寂しくなってしまった。こんなことで「あはれなり」なんて。

ホント、パラの言う通り、私らしくない。

その日の放課後、今日は体育館が使えるということで出演組と演出組は居残り練習。本番は体育館でやるのだから、大きなステージの感覚を少ない回数でつかまなければならない。体育館で練習出来るのはこれが三回目。皆の緊張が、ピンマイクとバーを通して伝わって来た。

私はって？　私は全然大丈夫。ヒーローってのは練習にも本番にも強いタイプだからさ。

出来ればずっと出ていたいんだけど、もちろん脚本上、私が出なくていいシーンもある。私は女の子を連れ去ろうとする戦闘員達とパラを体育館に残し、一人で売店にポカリを買いに行くことにした。ヒーローにはアクションが不可欠、水分補給も必要だ。

文化祭まで一週間を切ったということもあり、いつもは静かな放課後の売店にも人が集っていた。私はペットボトルのポカリを買い、そのまま体育館に戻ろうとしたんだけど、食堂前のベンチに座っている友達を見つけて、ポカリを投げつけてみた。

「った！」

「ははっ、それくらいキャッチも出来ないとはまだまだだな」

「あっぶねーんだよ、ヒーロー役が暴力ふるってんじゃねえ」

笑いながらヅカが投げ返してきたポカリを受け取り、私は奴の隣に腰掛ける。

「部活も休みだし、衣装班は今日はお休みでしょ？　何やってんの？　ああ、京くん待ってんだ」

「そうそう、暇人なんだよ」

ヅカの心のバーはいつもと一緒、平行な二本線だ。ポカリが飛んできた時は揺れた癖に、私と話す時には全く何も思ってないなんて、まあ、別に、いいんだけど、さ。

「体育館来たらいいのに」

「俺が行ったら色が変わるだろ」

まるで自分の能力のようにヅカは面白がって言うけど、ただ単にこいつが来ると男子共が一緒に騒ぎ立てるだけだ。迷惑な奴。

「そっか、じゃあヅカのデートの相手ちょっと借りてるから待ってて」

「なんだデートって、CD見に行く約束してたんだよ」

「別に買うわけじゃなくて店内でだらだらしてるだけなんでしょ？　デートじゃん。しかもだいぶディープな方の。あ、そうか、ヅカがいっつも京くん捕まえてるから、エルとの仲が進展しないんだよ」

「は？」

わぁ、かねてからヅカのことはにぶい奴と知っていたけど、やっぱりだ。まあ自分のことにもにぶいのに、人のことなんてこいつに分かるわけがない。

「だから、エルと京くん良い感じでしょ？　喋ってても楽しそうだし」

バーのことはひた隠しにした私の上手（うま）い伝え方に、ヅカは何も言わなかった。何も言わなかったんだけど、そりゃあもうむかつくぽかんとした顔で私を見た後、溜息までついたもんだからそのむかつき度合いに応じてなんだか分からないけど、殴っといた。

「あ、もしかして京くんから聞いてるの？　それか作業中にエルからなんか聞いた？」

「そうじゃないけど、気安いってのとそういうのとは違うだろ」

知った風なこと言いやがって。睨みつけるとヅカは、女の子達にきゃーきゃー言われてる静かな笑顔を向けてきた。

「何？　その平熱の感じがかっこいいとでも思ってんの？　やんのか、お？」

「どうみてもヒーローの顔じゃねえからやめとけっ。そういや、パラが言ってたけど、ミッキーなんか悩んでんのか？」

「ああ、うん、ちょっとね、進路のことで」

「いっつも何も考えてなさそうなのに珍しい」

「確かにそうだけど、ヅカに言われるとむかつく」

「だからその顔やめとけって」

至近距離で睨みつけると、ヅカは私の顔を大きな手で覆って押しかえした。ギターで作ったパラのカチカチの指とは違う、スポーツによって作られたごつごつとした手。邪魔！

「んなこと言ってるヅカはちゃんと考えてるわけ？」

「俺は仕事で海外行きたいから外国語学部」

「……へぇ」

「国立行ければ学費も浮くし、バイトもばっちりやって生活費は自分で出しながら大学生の間にも海外に行きたいんだ。ほら大学の夏休みって一ヶ月以上あるっていうだろ。ま、国立だったら数学もいるし今のうちに目から血が出るほど勉強しろってこの前面談で言われた」

あははっ、と爽やかに笑ってみせるヅカの表情を見て、私は感心と焦りを同時に抱いた。別に自分の将来についてきちんと考えていることには感心も焦りもしない。そんなの私だって考えてる。ヅカが私と違ったのはその質問に即答出来たことだ。もう五年程の付き合いになる友人の確信と自信が私を脅かした。

「ぬおおおおおおおおおおおおおお！」

「どうした今度は、やられる時の練習か？」

のたうつ私の姿を見てヅカは随分と楽しそうだ。何はともあれヘッドバットをしてやろうと頭を摑んだところで、横から控えめな声がかかった。

「み、三木さん、師匠が呼んでるよ。あとヅカをいじめるのは」

振り返ると、そこに京くんがいた。心のバーが何故だかマイナスに傾いている。

「や、違うよ！　むしろ私がいじめられてたくらい！　ごめんごめん、出番だね」

真実を教えてあげたのに、京くんのバーはマイナスの方に傾いたまま、しかも私がヅカから手を放したら少しプラスに回復するなんて、友達想いか！

「じゃあ、俺は図書室いるから終わったら迎えに来てくれ」

「勉強するの？」

「いや先生と駄弁りに。あ、そうそう、ミッキー」

せっかく立ちあがったのに、素直な私がヅカの手招きに従って体を寄せると、ヅカは声を抑えて、私のヒーローパンチを誘った。

「パラの奴、なんなんだ、なんか、今日、やたら、胸押しつけてきてたんだけど……」

「知るかっ！」

パラのノーブラはヅカを誘惑するためだったのか？　ヅカを気にいってる様子なんてまるで見せないし、助走がなくてまるで意味が分からないけど、あのパッパラパーならいきなりそんな行動に出そうな気もする。

そういえば今日の朝、下駄箱の前で京くんと会って喋っていたところにヅカが来た。私が手をあげて「おはよー」と言うと、何故かパラが走ってきてその勢いのままヅカの腕に飛びつき、どこかに連れて行ってしまった。よくよく思い出してみると、パラがこっちを向いてへったくそなウインクをしていた気がする。なんだあれは、ヅカは私が貰う的なあれか？

ってこんなこと考えてる場合じゃないんだよ、どいつもこいつも。

いつの間にか、文化祭の本番は明後日（あさって）に迫ってるし、結局進路のことは何も考えが進んでない。まだ二年生の後半なんだから余裕はあるとも言われたけど、でも、私の場合何か目標を見定めて脇目もふらず全力疾走って方法でこれまで色々と成功してきたから、ふらふらふわふわとしてただ漠然と勉強をしてたらいつかきっと息切れを起こしちゃって、それは恐らくとても重要な場面なんだろうと、簡単に想像することが出来た。人にはそれぞれ性に合ったやり方っていうのがある。それは短いながらも十数年生きてきた中で自分なりに見つけた得意の生き方で、おのずと一番良い結果を出せるやり方なんだ。今更、捨てられない。

「袖にいる時から演技は始まってる。暗闇でも客から見えなくても気を決して抜かないように。一番最初の観客は一緒に袖にいる仲間ってわけ。だから安心していい。互いがかっこいいこと、もう皆知ってるよね」

　他の人だったらきっとその夜、布団の中で思い出してのたうちまわるようなくっさい台詞も平気で言えちゃうリーダー、パラの頑張りも大きく、今のところ文化祭の準備はばっちり。私の悩みとは対照的に。

「明日は放課後ホール使えるからセットも組んで、通しでやろう。音響と照明の確認は五時間目に体育館で。大丈夫、きっと全部上手く行く、えいえいっ」

「おー」と、突然のふりだったのにその場にいる全員の声が揃う。妙なカリスマにのせられた私達は皆して同時に噴き出す。しかもその場にいるほとんどがショーの役の服装をしているものだから、なんだか楽しくて楽しくて、でもどこかで進路のことに悩んでる自分がいて、そういう煮え切らない状態が、私らしくないってのも分かって、なんだか、凄く、目が回りそうになった。

　くっそう、進路も、どれが自分にとってプラスでどれがマイナスか、バーが見えたらいいのに。恋人のことにも友達のことにもさして悩まない私をここまで悩ませるとは、進路って奴は強敵だぜ。

「三木ちゃん、その顔、誰か殺すの？　手伝おうか？」

「……ヒーローが、んなことするかっ！」

もし頷いたら明日にでも殺人計画を練ってきそうなパラはほっといて下駄箱でさっさとローファーに履きかえる。パラを背中に昇降口を出ると、うちのクラスの女の子達が帰らずにたむろしていた。ホールの鍵を返しにいった私とパラを待っててくれたみたい。

「ごめん、待っててくれたんだ」

「ぜんぜーん。あ、あのさ、今話してたんだけど、あの二人ってなんか怪しい関係に見えるよねー！」

彼女が指差す方向を見ると、校門を出ようとするヅカと京くんがいた。仲良く並んで、特にはしゃぐ感じでもない様子は確かに長い付き合いのカップルに見えなくもない。今日は衣装班が先に作業を終えたはずだから、またヅカが待っていたのだろう。

「友達って関係だけど本当は言いだせないだけでお互いを好きだったりしたらどーしよー！」

そういえば、この子はそういう趣味を持ってた、と笑いながら、私も昨日同じ様なことをしかも直接ヅカに言ったのを思い出した。

「いやー、京は女の子好きでしょー」

後ろから追いついてきたパラが出しぬけにそんなことを言った。パラもやっぱり京くんとエルが良い感じだと思ってるのかな。

「我が弟子には、あともうちょっとの勇気を持ってもらいたいものだ」

「ははっ、なーにを、偉そうに」

すっかり師匠スタンスになってきたパラを、女子達皆で「師匠」「師匠」といじっていたら、気持ちよくなったらしいパラが公道で踊りだすという馬鹿なクライマックスを迎えてこの日は終わった。

次の日、一ヶ月以上も準備期間があったのに時間なんてあっという間で、もう文化祭前日。パラは相変わらずノーブラで、乙女の秘密なんてまだ言うから、痛くない肩パンをしてやって、全(すべ)ては順調に進むかに思えた。

でも、ここで一つ大問題が起こった。悪のボス役の男の子が、自転車でこけて腕を折ったのだ。

電話の向こうで必死に謝っているらしい彼に、パラは「あれだけ気を抜かないでって言ったのに」なんて恨みごとは一切言わなかった。「こんなタイミングで怪我(けが)するなんて持ってるねぇ。折れた腕じゃアイス食べれないだろうから私が代わりに食べてあげるハーゲンダッツ三個ね」と笑い話で電話を切った。そして、「どうするの？」と皆の心配を代表して訊いた私に、ぽやんとした顔でパラは答えた。「私がやればいいでしょ」。

皆の心配をよそに、パラの心のバーは楽しそうにくるくると回っていて、その日の練習は細かなミスはあったもののほぼ完璧だった。しかもその細かなミスは、パラじゃなく他の子がやっちゃったものだ。パラは、完璧に悪のボス役をこなした。確かに台詞や流れを考えたのはパラだし、個人別の演技指導までやっていた。とはいえ今まで一度だって演じてなかったはずなのに。

「やれることはなんでもやっとこう派だからさ、一応家で全員分の役練習してた」

ピンマイク装着にもまるで気後れしない様子に、皆が感心してると、何を考えてるのか未だに分からない顔でパラは言った。

「三木ちゃんが欠席じゃなくてよかったよ」

「……ああ、確かにっ」

パラの言葉に私はおおいに納得した。きっと、全員分の演技を覚えてはいるのだろう。でも確かにパラにはヒーロー役だけ絶対に出来ない。

やれることはなんでもやっとこう派という面白派閥に属するパラは、勉強や趣味では決して怠けずその努力に応じた結果を出す。なので一見、パッパラパーなだけの完璧少女（自分で言ってた）に見えるけれど、違う。パラは絶望的に運動が出来ない。だから、ヒーローに不可欠なキックが、パラにはどうしても出来ない。

「それじゃあ私は三木ちゃんと最後に、アクションの詰めをやっていくから、宮里ちゃんは急で悪いけどローブのサイズの直しだけお願い」

「うんっ」

悪のボス役の衣装が、全身を黒いローブで覆って狐のお面をつけて杖を持つだけというシンプルなのも、こうなってくると良かった。

「ってことで、イレギュラーも起こったけど大丈夫、不運は全部、彼が持っていってくれたから。今日は夜ごはん美味しく食べてお風呂入ってよく寝ようよ。そしたらきっと明日一日何があっても楽しいよ。そんじゃあ、かいさーん」

パラの檄を飛ばしてるのかなんなのかよく分からない挨拶があってから、皆は明日への期待と不安をみなぎらせ、ホールを出ていった。一人、また一人と減っていってたった二人になると、その広い空間が寂しいというよりも凄く怖く思えた。いつも来てる、ただのホールなのに。皆がいなくなると、自分がどこに立っていいのか分からない不安を感じた。一瞬、すうっと空気が薄くなった気すらする。なんだ、これ。

「ぱ、パラ、ちゃちゃっと合わせちゃおうよ。あ、てか明日は流石にノーブラやめなよね」

「へへへ、それはどうかな」

パラのバカみたいな企み顔と胸のくるくるを見ると、私の中の不安はふわんと消えていった。おお、まさかパラのこっちが悩んでるのが馬鹿らしくなるパワーがこんなところで役に立つとは。

アクションの合わせは特に問題なく終わった。基本的には私が動きっぱなし。ボスは私の動きに合わせて杖を動かしその順番を覚えるだけなので、五十メートル走十三秒台で私達を震撼させたパラにも出来る。

「三木ちゃんパーペキだね。後は私が明日までに全力で悪の気持ち作ってくるよ。嫌いなニンジン全部残しちゃうよ」

「ちっさ！」

汗を拭いてジャージから制服に着替えた私達は、制汗剤の匂いを詰め込んだホールに鍵をかけて、仲良く職員室に鍵を返しに行くことにした。

薄暗い廊下に煌々と光の漏れる職員室前に着くと、ちょうど先生が出てきたところだった。

「先生、はい、これ鍵」

先生は「敬語っ」と言いながら鍵を受け取り、「すみませーん」と笑う私達に「気をつけて帰れよ。三木は舞い上がってるとあぶなっかしいからな。明日期待してるぞ」とエールを送ってくれた。

「任せてよ、かっこいいとこ見せるから」

「お前なぁ」と怒りながらも笑い混じりの先生の声を背中に、私とパラは逃げるようにそこから去った。

私は舞い上がってるとあぶなっかしい、この時先生が言ったことを、もう少し真面目に聞いて気をつけておくべきだったと、私は、すぐに後悔することになる。

ぐっすり寝れて朝ご飯もしっかりおかわりしたし体調は万全。登校中に会った皆が口ぐちに緊張すると言っていたけれどこちとら起きてから昂りっぱなしだ。下駄箱で靴を脱いで挨拶がてらヅカの背中にキックを食らわせとく。うん、調子いい。

パラはリーダーなのだから今日くらい緊張してもよさそうなもんだと思って朝一で声をかけたんだけど、昨日の予告通り悪の気持ちを本気で作ってきたのか、目がうつろで一人称が「わがはい」になってたのでお弁当に入ってたニンジンを無理やり食べさせて正気に戻した。

「ミッキー凄いね、私なんかもう、昨日から緊張しちゃって、夜もあんまり寝れなかったくらい。が、がんばってね」

出る側じゃないのに私らよりよっぽど緊張してる可愛いエルがパラ用に直して来た衣装も合わせてみるとちょうどだった。ちなみに元々の悪役だった骨折した彼は申し訳なさそうに教室に入ってきた途端、ヅカを筆頭にした男子達に捕まってギプスを落書きまみれにされていた。充分に気をつけなかった罰は、それくらいでちょうどいい。

朝のうちに音響照明担当の子達とパラは体育館に最終確認をしに行った。帰ってきたパラに、体育館の窓には暗幕がかけられてるから始まる前の暗転中いつもより袖が暗くなるということを伝えられた。それでも動くのは基本的に明るくなってからなので、問題ない。

衣装や諸々（もろもろ）も体育館内の用具室に運びこんで、全てが準備万端！　あとはかっこいいとこを見せるだけだ。

朝のホームルームが終わった後、私達は規則正しく廊下に並んで順番に体育館へ、静かに、なんて出来ない。皆、緊張や高揚が体の中で暴れ回ってる。

「楽しみだね！」

出席番号順で私の後ろに並ぶエルを振り返ると、彼女は何度も瞬きをしてから「が、がんばって！」といつもより大きな声を出して、二人して後ろの先生に注意されてしまった。でも、そんなことで私達のそわそわは収まりやしない。

体育館前にたどり着き、大きく息を吸って、足を一歩踏み入れると、体育館の中には、いつもとまるで違う空気が充満していた。期待と緊張と不安と高揚とそして何より、鼓動が体育館を振動させてるようだった。皆の心が慌ただしい。全員のバーがいつもとは違う動きをしている。プラスに傾いたりマイナスに傾いたりせわしなく、たった一人、パラだけが変わらずバーをくるくるとさせている。

いいじゃん、いいじゃん、こういうの、最高だよ。

今日のプログラムは、まず部活ごとのパフォーマンスから始まる。ダンス、バンド、合唱なんかがあって、クラス演目も全て終わってから演劇部がトリを務めることになる。実はうちの学校の演劇部にはかなりの伝統があり、毎年やるミュージカルは名物になっていたりする。今回うちのクラスで音響や照明を担当してくれる班のリーダーも演劇部の子で、彼女のおかげでパラの脚本がより派手なものになった。演劇部の方では彼女も出演側に回るらしい。そっちも楽しみだ。

クラスごとに割り振られた席に座ると、早速開会の挨拶があって、それらが始まった。

ダンスも、バンドも、合唱も皆上手くて、他のクラスの友達で参加してる子もいて、そりゃあ楽しんだんだけど、でも心は、自分達の活躍にずっと向いていた。

部活動パフォーマンスが終わり、多くの拍手が鳴り響いた体育館。次はいよいよステージ演目を選んだ五つのクラスが順番にショーを披露する番。十五分の休憩時間に最初のクラスがステージの準備を進め、二番手のクラスも用具室で用意をし始めなければならない。私達は二番手。用具室は二つあって、男女に分かれて用意が出来るんだけど、あんまりたくさん人は入らないから、まずは出演者だけが用具室で着替えをする。道具班や衣装班は最初のクラスがショーを終えて出演者が袖に移動してから、幕が閉じてるうちに急いでステージセットを設置する。もちろんその練習も昨日までにみっちりとやってきている。

私達出演者が立ち上がると、クラスの皆から口ぐちに「頑張って！」「期待してる！」と声がかかった。元々はセット作りをやるはずだったパラも、本来悪のボス役をやるはずだった彼と折れてない方の拳を合わせて気持ちを受け取り、用具室へと移動した。移動する側も、待つ側も、皆の心のバーがプラスにマイナスにぐんぐん動き回っていた。

用具室のほこりっぽい匂いは、中学時代陸上部だった私を試合前のような気分にさせてくれる。

「しかし、エル凄いよねぇ」

私がヒーロースーツの上に大き目のジャージを着ていると、後ろからＯＬ役の子の声が聞こえた。

彼女が言っているのは、このスーツのことだ。パラの注文を受け、私の意見を取り入れ、エルがデザインを作り上げた。衣装班の努力の結晶。割り振られた予算のほとんどを使い、先生に身銭を切らせた意欲作だ。

「ははっ、今更エルの凄さに気がついたの？」

「ミッキーが育てたわけじゃないでしょー。でも、うん、あんまり知らなかったかも。最近ようやく話すようになったのはミッキーのおかげかな」

「エル、服飾のことを勉強する大学を目指すんだって」

「ぴったり」と彼女が言ったところで、男子用用具室に行ってたパラが入ってきた。私はかあっこいいヒーローマスクを持って、制服姿のままのパラに近づく。

何か声をかけようと思ったのに、ちょうど一番目の演目が始まったのだろう。大きな拍手が聞こえて来て、気づけば私の心臓に、拳があてられていた。

「頼んだよ、三木ちゃんにかかってる」

馬鹿みたいな笑顔のパラ。私もパラの胸の真ん中に拳をあてて返す。

「まかせとけ」

二十分後、最初のクラス、三年生の先輩達が『星の王子さま』の劇を終えた。そっちもちゃんと見たかったな、なんて思ったけど、幕が閉じられたらそんなことすぐに忘れた。私達は衣装姿を隠しながら袖に移動し、その間に他の皆がセットを作る。

袖で皆が深呼吸をしたり、手足をぷらぷらとさせ緊張をほぐそうとしていた。私の隣には通行人役の京くんがいて彼のバーもひっきりなしに動いている。まるで、いつも私と喋ってる時みたいに。

やがて、舞台上から人がいなくなる。司会進行を務める生徒会の人が幕内に入ってきて確認を取り、いよいよだ。たった二十分に詰め込まれた私達の一ヶ月が披露される時が来た。

「次は、二年一組のヒーローショーです。皆さん是非、子どもの頃に戻った気持ちでお楽しみください」

アナウンスが鳴り響き、そして、照明が全て消えた。

幕が開ききって灯りがつくまでには少し時間がある。突然の暗闇に、何も見えない。バーもその人の顔が見えなきゃ見えなくなるから、本当の闇。

そんな中ひそひそ声だけが客席から聞こえて、際立たされた静けさが、一つのことを私に教えてくれた。

自分の心音が明らかに、いつもより大きかった。

あ、やっべー、私、ちょっと、緊張してる？

気がつけば床もなんだか柔らかいし、背中には変な汗かいてるし。

久しぶりのこの感じ、これ、緊張だ。

ああ、私にかかってるのに、ヒーローなのに、やっべー。

出番はちょっと先だけど、大丈夫かな？　私。大丈夫だよね？　誰か大丈夫って……。

「大丈夫」

暗闇の中で、その声が、くっきりと聞こえた。

冷たく感じられてた手の指。左手が、気づけばいつの間にか握られてる。パラみたいにカチカチじゃない、でもカサついて弾力のある硬さの指が、私の指を包み込んでた。

誰の指か、それを私が認識する前に手は放され、数秒後闇が晴れて、同時に、舞台には通行人役の三人が顔を出した。

左手に残った体温と、伝わってきた微かな震え。握りしめると、緊張はどこかに行っていた。いや違う。緊張はまだここにある。でも、それを握りこんでいると、いつの間にか違うものに変わろうとしていた。

ああ、これなら、いけるな。

私は胸に湧いたものをぐっと左手で握りしめて、先にステージに出た男の子にしてはひ弱な背中に、口には出さずお礼を言った。

緊張を味方につけたら、あとはこっちのもんだった。

ショーは練習通り、スムーズに進んだ。

音響や照明は演劇部の手練れがやっているので最初から心配なし。

マイクを持って前方に立っているナレーションの男子は放送部で、流石の滑舌だ。

演技をする皆も緊張を味方に出来たみたいで、最初にステージに出た通行人の所作や、怪人に襲われるＯＬ役の子達の会話もきちんと練習通りに出来ていた。

ここで私とパラともう一人が女子高生役として登場。なんでもないような会話を繰り広げるんだけど、ところどころ出てくるお約束のようなボケも、ちゃんとうけてる。よかった。

前半の日常パートではきちんと、ヒーローや悪の集団の存在を会話で前振りしておいて、本当に悪い奴は善人の中にいるかもみたいな伏線も張っておかなくちゃいけない。もちろん一般人の中にはあからさまに怪しい奴も入れておいてミスリード。でも実は、パラのつけているリストバンドに、戦闘員達の全身タイツについてるのと同じマークが記されているのだ。この仕掛けは観客に気づかれるくらいでいい、というパラの考えで、彼女はリストバンドをこれ見よがしに強調する。

やがて照明が暗くなり、怪しい音楽が流れ出す。すると、全身タイツを着て悪の戦闘員に扮した男子達が登場する。女子高生が悲鳴をあげて、戦闘員達に連れ去られそうになった時、ついに彼女達がヒーローの名前を呼ぶのだ。ただ、ヒーローはすぐには現れない。

実はこの時点で、パラをステージ上に残し、私だけ退場している。袖でジャージを脱いでその下に着ていたスーツに装飾品を装着、早着替え。その間、ステージではナレーションの男の子が観客達に呼びかける。私の方はマスクも付けて準備万端というところで、ノリのいい観客の皆さんからヒーローが呼ばれる。ここで登場だ！

さあ、登場するや戦闘員達をばったばったとなぎ倒し、一般人達をその背に悪を打ち倒すヒーロー。ははっ、かあっこいいー！

特撮を真似したアクションで戦闘員達を全員やっつけると、突然イカズチの音が鳴り響く。袖からいかにも強そうな装飾を身につけた怪人役、クラスで一番体の大きな男子登場。皆が怖がる中、私だけが勇敢に立ち向かう。ここで多少の苦戦は強いられるものの、多彩な攻撃で怪人を撃破。戦闘員達が面白おかしくずっこけながら退散する。

これで町に平和が戻った！と思わせておいて、いつの間にかいなくなっているパラの高笑いが袖から響く。そうして登場したのが真のボス、中身はパッパラパー。なんと友達が敵だったことに動揺する私。本来ならここは悲恋を匂わせるつもりで敵は男の子だったんだけど、そこはしかたない。友達との今までの日常が演技だったと知って悲しみにくれるヒーロー。しかし平和を守る為だ。立ち向かわなければならない。

ところが、流石はボス。音響に合わせて振られる杖に私の攻撃は全てはじかれ、ついに私は不思議な妖術に倒れてしまう。ヒーロー、危うし。

ここで一般人役の皆がヒーローを呼ぶ。続いてナレーションから観客にあおりが入る。やっぱりノリの良い客席の声にパワーを貰って、私は立ちあがり、音響照明効果を存分に使ってから技名を叫んでのキーック！

この時の注意点を私はパラから預かっていた。「思いっきり来い」。私の思いっきりのキックをサポーターを仕込んだパラの肩にあてると、パラは面白いようにすっ転んだ。

最後の台詞を言って息絶えた様子のボスを引きずり袖に連れて行く戦闘員達。狐のお面だけが残り、それを見た周りの皆から歓声があがる。ナレーションから観客へ拍手の強要も。

ここから私はちょっと複雑な演技をしなくちゃいけない。悪は倒した。でもヒーローは、素直に喜ぶことが出来ないのだ。友達が悪の化身だったこと、自分の手で倒してしまったことに、思い悩む。その悲しみを背負いながら、この平和を享受しなければならないという、パラ曰く誰かに責任を押しつけて成立する平和を無自覚に無責任に謳歌する私達全員に対する警鐘だとかなんとか、そういうメッセージを伝えなければならない。なかなか小難しい。

でも、まあ何はともあれ、結果的にはこの平和がいかに尊いものであるか、最後はステージに残った皆で喜びを分かち合い、私が決め台詞を言って終わることになる。

これが、私達が今回作り上げたヒーローショーだ。

そして今、いよいよ、残るは、最後の台詞回しだけとなっていた。

私はステージ上でOLさんの台詞を聴きながら、肩の力をちょっと抜く。

ここまでくれば、ようやく安心出来る。もう山場はない。練習でだって一度もミスはなかったところだ。

袖にいた時の緊張も、今は嘘みたいに思えた。

ピンマイクにかからないよう、ふうと息をつき、私は初めてゆるりとした気持ちで周りを窺うことが出来た。ここに至るまで、まさに夢中でいっぱいいっぱいだった。

袖をちらりと見ると、満足げに笑うパラの姿が見えた。客席を見ると、心配そうに両手を組んでるエル。にやにやしながらこっちを見てるヅカ。そんでステージ上にも、大好きなクラスメイト達。そしてさっき、勇気をくれた、台詞がないからピンマイクもついてない役名『通行人B』、ははっ。

ああ、なんだろう。

楽しかったなあ、この一ヶ月。

ステージ上で、突然、そんなことを思った。パラの唐突さがうつったのかも。

唐突に、幸せだなぁなんて、思っちゃったんだ。

本当に皆、凄い子達ばっかりで、衣装も、セットも、音響も、照明も、皆の才能と努力と頑張りと根性がなかったら、出来なかった。そんな子達に囲まれて、ここにいられるなんて、私は幸せだ。

そもそもこの舞台そのものも、パラの大いなる野望がなければ出発すらしなかった。普段は適当で本物のパッパラパーのあの子、恥ずいから、本人には口が裂けても言わないけどさ……。

自分のしたいことを全部分かってて、それを躊躇なくなしとげようとしてる。それに引き換え、最近の私はいつまでもうじうじしててつまんない子だっていうのも、自分で分かってるんだ。

自分の未来さえどうしたらいいかなんてずっと悩んで、決められなくて、色んなプラスとマイナスが頭の中で渦巻いて。

あーあ、私も、皆みたいに、なれたらな、かっこよく、自分のやりたいことにだけ向かって。

「…………………………」

「……へ？」

そこで、私は自分が信じられないことをしているのに、ようやく、気がついた。

信じられない、ことだ。

私は、ぼうっとしていた。

まだ、ステージの上に立っているっていうのに、考えこんで、ぼうっとして、全てを忘れていた。

だから、やむなくだろう、横の子が肩をちょいちょいとつついてくれるまで、自分の台詞の番だと気がつかなかった。

うわ、いけない、まさか、こんなところでミスするなんて。

慌てて、自分の台詞をピンマイクで皆に伝えようとする。台本にして、たった三行。ショーの終わりを示す、最後の台詞だ。

駄目駄目、ちゃんと言わなきゃ、このショーには皆の思い出と、パラの夢がかかってるんだから。

かかってるんだか、ら……。

（ミッキー？）

隣の子が心配そうに視線だけで語りかけてくる、分かってる、私の台詞だ。私の台詞なんだ……。

最後の台詞は、客席の方を向いて堂々と言わなければならない、まずはそれを思い出し、客席に対して半身だった体を正面に向ける。すると、自分を照らすライトが目に入った。

その瞬間だ。

こんな経験、今までになかった。

ライトが、まるで頭の中にまで入りこんだみたいに。

私の中の全てが真っ白になった。

「……へ、へ…………え？」

穴に落ちたのかと思った。無限に続く光の穴、一度落ちると、止まらない穴、必死で、必死で、今までの記憶に、思い出に手を伸ばそうとするのに、私はどんどんと落ちていって、何も、ひっかからない。

あ、あああ、ああ、あれ、あ、ああ、なんて、言うんだっけ。

私の沈黙が長すぎて、ステージ上の皆の焦りが背に伝わる。それは客席に伝染していき、ざわつきだす。五感だけは妙に冴(さ)えて、そのざわつきが聞こえてきた。「どうした？」「どわすれ？」「ここで？」「残念」。

待って、ちが、違う、違うの、覚えてる、覚えてるの、だって、あんなに、練習したから。

早く、早く、早く、何か言わなきゃ。分かってる！

そう思うのに、なのに、何も思いつけない、思い出せない。

駄目だよ、駄目だよ、駄目だよ。

せっかく勇気づけてくれたのに。

皆の思い出が、かかってるのに。

パラの夢が、かかってるのに。

このままじゃ、私が、台無しに、しちゃう。

分かってるのに、言葉は、何も、出てこない。

なんで、どうして。

出てこなさ過ぎて、だろうか、喉につまった言葉が目に回ってでもきたのだろうか、代わりに涙が出てきた。

『三木は舞い上がってるとあぶなっかしい』

ああ、こんな大事な時に、なんで……。

柔らかい床が足元に戻ってきた。さっきよりずっと柔らかくて、足に力が入らず、すぐにでも、膝を折ってしまいそうだった。

倒れるなんて、絶対に駄目！

必死で踏ん張っていたけど、でも……実は本当に、すんでのところだったんだ。倒れなかったのは、そんな私の体に、突然横から何かがぶつかってきて、支えたからだ。

パニック状態の中、まとわりついてきた何かに、何がなにやら、と目が回る。ただ、一層大きくなったざわめきの中、耳にしみこむその声が、私の脳に、届いた。

「大丈夫だよ、三木ちゃん。心配しないで、深呼吸すればいい」

「…………パラ？」

ようやく分かる。パラが、私に抱きついてきていた。

もうパラはピンマイクを外していた。だから思わず出てしまった私の声だけが、体育館内に響いた。でもその言葉がショーをめちゃくちゃにしてるなんてもう私には分からなかった。

分かっていたのは、今、パラは、ステージに立ってちゃ駄目なんだってこと。

「だ、駄目だよパラ、出てきちゃ」

「ん？」

「馬鹿、駄目になっちゃう、ショーが、パラの目標が、バーが、マイナスに、なっちゃう」

自分でも何を言ってるのかちゃんと分かってなかった。でも全部、その場の皆に聞かれていた。私の身に起こったパニックを、察してくれたのだろう。客席が、怖いほどしんと静まり返った。

だから、パラの言葉も、私のピンマイクが拾ってしまった。

「三木ちゃんが泣いてんだもん」

何言ってんの。

「そんなの、パラの夢が、そっちが」

「友達が困ってんのに損得とか難しく考えたら、きっと私は馬鹿になるよ」

違うじゃん、普通、難しく考えないから馬鹿なんでしょ……。

私の想いなんて知らないだろう、パラは私の体を強く締め付けた。それから今度は私だけに聞こえるよう「後は任せて」と言い残し、つかつかとローブ姿のまま、ナレーションの子に歩み寄った。一体、どうする気だろう。どう落とし前をつける気だろうと思っていると、パラは、なんとナレーション役からマイクを奪い取り、観客に向け、語りかけ始めた。

「皆さん、申し訳ありません。私達は、皆さんに謝らなければならないことがあります」

ごめん、私のせいで……。

「ごめんなさい、私達は演技をしていました」

いや、知ってるよ。と全員の頭の上にきっと吹き出しが浮かんだろう。私の上にも。

だからつまり、この時点では、パラの言いたいことを、きっと、誰も分かっていなかった。

「演技をしていたのです。私はある時、考えました。争いの絶えないこの世界では、誰かを強大な悪とみなし一致団結することでしか、もはや人々は一つになれないのではないか、と。そう考えた私は、やむなく、自らを強大な人類の敵とするため、こうして悪の化身へと姿を変えたのです。しかし悪を人々が倒した後、リーダーとして人々を束ねる人間が必要だとも私は考えました。そこで、友人である彼女に無理に正義の味方の役を頼んだのです。予定通り彼女に倒された私は、もう二度と人々の前に姿を現さない心づもりでいました。しかし、彼女は私一人に責務を負わせることに耐えられなかった。そして私も、悲しむ友人を一人にすることに耐えられなかったのです。私達の計画は失敗しました。他ならぬ私達の甘さによって。私達は偽物のヒーローと偽物の悪者でした。しかし考えてみてください。今度もし本物の悪者が現れた時必ずしも本物のヒーローが現れるとは限りません。今、手を取り合わなければ、もう、手遅れかもしれない。これは、そういう、お話」

パラがそう言うと、クラシック音楽のエンディングテーマが流れ、少しずつ照明がしぼられていき、やがて真っ暗になった。そうしてから幕が下り、一つ、二つと、悩んだような拍手が鳴って、やがて確信の混じる大きなものに変わっていった。

「これはそういうお話」。そのキーワードは、私が言うべき、終わりを意味する言葉だった。でもそれはパラが言ったような方向から持ってくる言葉じゃなかった。パラが今言ったのは、脚本のどこにも書かれていなかった新しい台詞だ。

はっと気付いた。もしかすると、パラは私が失敗することを予想して、別のエンディングを用意していたのだろうか。申し訳なさと寂しさを胸に抱えながら、ピンマイクを外し、暗闇の中、震えてしまう声でパラに「ありがとう」と告げると、パラは「ひゃー」と変な声を出してから、言った。

「即興でもなんとかいけるもんだ。マイク受け取ったもののどうしようかと思ったよ」

マジかよ。あの状況で計算もせずあんな大胆なことをしようとするなんてやっぱりこの子はパッパラパーだ。大惨事だってありえたのに。大コケが全て自分の責任になってしまうこともありえたのに。私に、なすりつけとけばよかったのに。でも、成功した。いや、成功なんて言えない。ただ、損得を考えない馬鹿が力ずくでどうにか終わらせた。

ああ、この子には、言わないつもりだったのにな。だって恥ずいじゃん。でも、目じりに残ってた一粒と一緒に、相手を喜ばせるつもりなんてなく、こぼれおちてしまった。

「パラはやっぱり凄いな」

次のクラスの用意の為に照明がつくと、皆の顔がようやくきちんと見えた。皆、一様に安心した顔をしていた。私はひどい顔をしていただろう。ただ一人、パラだけが笑っていた。

プラスでもマイナスでもない、くるくる回るバーを胸に携えて、笑ってた。

かっこいいな、くそ。

終わった後はもう泣きじゃくりながら皆に謝った。正直覚えてないくらい泣いたので、そこをちゃんと説明しろってのは無理だ。覚えてるところだけでよければ、皆が笑いながら「ミッキーでも緊張とかすんだ」とか「正直パラ出てこなかったら台詞言えたでしょ！」とか、優しいことを言ってくれたのは、覚えてる。まあ、で、その日の夜までは私も落ち込みまくりだったんだけど。色々と考えて寝ちゃい、朝になったら元気になった。いつまでも引きずってたってしょうがないしね。

日曜日、今日の私達は昨日頑張った分思いっきり気を抜いていい日。他のクラスの模擬店を終了時間まで堪能(たんのう)してればいい。終わった後は駅前のハンバーガー屋さんで打ち上げ。月曜日だって代休だし、文化祭万歳ってなもんだ。

パラやエルとの女子グループで校内を回って色んなものを食べたり、飲んだりして、途中、部活の模擬店で店番をやってるヅカを冷やかすことも忘れない。ちなみに私とパラでおまけを要求すると、ひかえめなエルのワッフルだけ四段重ねで出てくるという昔話みたいなことをされたのでお金を出すこぶしがついヅカの肩に当たってしまった。

そういうのも含め、そりゃあ楽しい時間だったんだけど、事情があって、私は一人で女子グループを一旦(いったん)離れることになった。

どうしても、今日のうちに話しておきたい人が、中庭に一人座っているのを、見つけたからだ。

変な勘違いをされちゃ彼が可哀想なので、ふんわりと言い訳をしてから女子グループを離れ、私はたこ焼きを食べてた彼に近づいた。

「よっ、京くん」

私が声をかけた途端、彼はベンチごと跳ねるように飛び上がった。もう少しでたこ焼きを落としてしまいそうになるのを私が慌てて支える。えへんえへんと咳をする彼のバーは今日も絶好調にぶれていた。

「み、三木さん、ど、どうしたの？　宮里さん達と一緒じゃ」

「ああ、まいてきた」

「ま、まいてきた？　え、じゃあ、な、何か用事？」

「ん？　んー」

訊かれて、改まると、なんだか私が今から言おうとしてることが凄く恥ずかしいことの様な気がしてきた。

「三木さん？」

ええい、ままよ。

「お礼を言いに来たの」

「お礼？」

京くんが首をかしげる。

「うん、昨日、舞台袖でさ、京くんが、て、手を握ってくれたおかげでだいぶ落ち着けた。まあ最後はミスっちゃったんだけどさ、でも本当に感謝してるの。ありがとう」

あの手の感触が、何故かまだ残っている。

お礼は伝えた。あとはお互い照れ笑いを浮かべてへへへって感じになるんだろ、と、そう思っていた。なのに、京くんの反応は私の予想と全然違うものだった。

京くんは、更に首をかしげて、まるで頭の上に特大のはてなでも浮かべるような表情をして、それから顔を真っ赤にして首を横にぶんぶんふりながらこう言った。

「ぼ、僕、三木さんの手を握るとか、そんな、そんなことしてない、よ」

「え、したよ！　昨日、横にいたでしょ？　手握って、大丈夫って声かけてくれたじゃん」

「手は握ってないよっ。大丈夫は、確かに言ったけど、あれは」

それから京くんは予想の斜め上の真実を語った。

「あれは、師匠に、袖にいるうちから演技は始まってるって言われて、僕は緊張するだろうから、肩を叩(たた)いたら自分に言い聞かせる演技で『大丈夫』って言えって言われたんだ。て、手は、ホントに握ってないよ」

「………」

あ、なんとなく理解した。

そうか、暗幕のこと昨日まで言わなかったり、京くんの手を事前に私達に触らせたり、もしかして、私が欠席じゃなくてよかったって言ってたのも。

なんとなく、理解して、私は突然、変な感覚に襲われた。なかなかない久しぶりの感覚だ、自分の抱いた感情が勘違いだと知って恥ずかしくなるなんて。

「ま、まあ、でもその言葉で私は勇気づけられたからありがとうごめんちょっと用事できたヅカもうすぐ店番終わるらしいから行ってみたらいいと思うそれじゃあまた後で！」

早口でまくしたて、私はよく分からないけど熱くなる顔を隠す為、背を向けた。ごめん京くんは悪くないんだよ。本当に。

ひとまずは、パラをとっつかまえなくちゃ。

結局パラと二人きりになるタイミングは、打ち上げまで待っても訪れなかった。だからしょうがなく、解散した後にパラんちに押し掛けることにした。

　パラの家まで帰る途中、やあっとあの話を持ち出すと、パラは「あちゃー」と言った。

「うまくやれって言ったのになあ」

「やっぱあんたのいたずらか！」

「ばれちゃあ仕方ない。うん、握ったの私」

「んでも、パラの手みたいに硬くなかったよ、それに、右手だった」

「言ったじゃん、教えるためにいちから練習し直してるって」

　パラは右手を差し出して来た。それは確かにあの時と同じ手触りのものだった。

「京に合わせてレフティでも練習してんの。始めたのは同じ時期だから、大体同じくらいの硬さだよ」

「ホントだぁって、いやいや、目的が分かんないんだけど。もしかして、京くんが私のこと苦手なの克服させようとしてくれたの？」

　パラは無表情のまま、相槌（あいづち）をうった。

「そんなとこかな」

「あれ、それなら別に直接握らせればよくない？」

「んなことしたら劇どころじゃなくなるよ」

「意味分かんない」

首をかしげると、パラはニヤッと笑った。

「どうもね、真っすぐな想いってのは応援したくなるんだな」

「……？　あ、そういえばついでに思い出した。パラ、ヅカに胸押しつけるためにノーブラにしてたの？」

きょとんとしたパラは、ああ、と言って噴き出した。

「ノーブラはミスリードのつもりだったんだよ。胸押しつけたのは、ほら、私、やれることはなんでもやっとこう派だから」

したり顔のパラ。言ってることの意味をよく考えてみたけどよく分からなかった。

まあ、別にいいか。相手はパッパラパー。考えてあげても、疲れるだけの時が大半だ。

あ、そうだ。

「そういえば、パラ、私ね、文学部に行くことにした。就職難しいって言われたけどさ、まあその時はまた、考えるよ」

「やりたいこと？」

「うん、古典が好きなんだ」

好きなことを好きって言うと笑顔になれる。パラは、笑わなかったけど、真面目な顔で深く頷いてくれた。

「だったらいいと思う。人生なんてさ、やりたいことだけやっててもきっと時間足りないんだ、やりたくないことやってる時間なんてないさ」

知った風な口でかっこいいことを言うパラ。そんな彼女を見て、私はこの時ようやく、どうしてパラだけ、他の人と違って見えるのか、分かった気がした。

「ヒーローはパラだったね」

文脈も全て無視したパッパラパーなことを言ったのに、パラは何も訊いてきたりしないで、ただ「三木ちゃんだよ」としか言わなかった。

今日もまたパラの胸ではバーがくるくると回っていた。

それは、まるでいつか憧れたヒーローの変身ベルトのようだと思った。

か1く2し3ご4と

空港内を歩いている、学校指定のコートを着た子達の鼓動を見てみると、いつもよりずっと速いリズムを刻んでいることに気が付いた。

なるほど、それなりに皆、この修学旅行というイベントに心が上ずっているわけだ。

わん、とぅ、すりぃ、ふぉ。わん、とぅ、すりぃ、ふぉ。

一方で、私の心に見える四つの数字は、いつもと変わらないリズムを刻んでいる。

楽しいことや嬉(うれ)しいことがあっても、私の心はいつもこうだ。

人の鼓動を見ることの出来る能力を持った私は、自らの鼓動も観察可能であるが故(ゆえ)に、それを一定のリズムに保つ癖を持ってしまった。その癖により私は、冷静になる。

冷静さを長所だと言う人間もいるだろう。だが、違う。ただ、冷たい人間というだけだ。自虐(じぎゃく)的でありながら、同時に自分は他とは違う特別な人間であると信じ切っている己を再確認し、朝っぱらから嫌気がさした。

集合場所のロビーに到着するや、クラスメイトの姿を見つけた。ぼうっとしている彼に、不本意ながらこちらから声をかける。

「おはよう、ご機嫌はいかがかな、王子様」

「……おう、パラおはよう。王子じゃねえけど、ご機嫌麗(うるわ)しいよ」

「それはなにより」

言いながら、私は横に並んだ彼に半歩体を近づけ、腕をすり寄せた。単純なボディータッチもさることながら、ここ数ヶ月、私は彼が好きだと公言しているシャンプーを使っているので、その匂(にお)いが彼の嗅覚(きゅうかく)を刺激することを狙(ねら)った。更には、男というものは背の小さな女の子を好むという事実から、彼との身長差を意識させることも視野に入れた行動だった。

しかし、相変わらずそんなことにはなんの効果もないようだ。

王子様はいつものように平常心を保ち続ける。私は彼の胸に浮かぶ、数字のリズムを見て、改めて、思った。

私はあんたの、そういうところが気に入らない。

修学旅行に心臓が高鳴らない私にだって、愛する人間と気に入らない人間くらいいる。

皆にヅカと呼ばれているクラスの人気者。

でも別に背が高いとか、顔が整っているとか、スポーツ万能であるとか、そういう理由で私は彼を気に入らないわけじゃない。

ただ、似ているからだ。彼の心のリズムが、私のものと。

私だけが彼の本性を知っている。

顔ではどんなに高揚を表し、口ではどんなに喜びを伝えようと、彼の心音は反射や運動以外では揺るがない。私と同じように、彼の内面は、冷たく濁っている。そんな人間を好きになることは、出来ない。

恐らく効果はないだろうと思いながら、しかしやっておいて損はないので、私は彼のピーコートの前を開けて中に入り込んだ。

時間をかけた私の行動を途中で止めもせず、王子様は付き合ってくれる。

「んなにしてんだよ、パラ」

「寒いから」

案の定、私と痛いカップルのような体勢になっても彼の心のリズムに乱れはない。

ダメ押しで体勢を変えて彼に抱き付いてみることにする。

どうせ効果はないだろうけれど、と、そう思ってやった行動だったのに、意外にも心のリズムが大きく揺れた。

ただし、彼のではない。

私の心のリズムが、彼の胸元から聞こえてきた音に、揺らされた。

ちりん。

ささやかな、その音に気が付き、咄嗟に私は、彼の体から離れる。

彼が小首をかしげるのを見て、心臓が波打つのを感じた。しかしすぐにそれをいつものリズムに戻し、かつ表情では出来る限りの驚きを表現して、まずは彼からの反応を誘うことにした。

「鈴の音」

私の声が彼の耳に届いた瞬間だったろう、私の心が揺れるのと似て珍しいことが起こった。

笑顔の素敵な王子様の心臓も、そのリズムを速めたのだ。つまりその胸の鈴は、重要な意味を持つものだということだ。

私は、彼の口から事実を引きずり出す。

「鈴、どうしたの？」

「え……いや」

何か口を滑らせやしないかと期待したが、ガードは固く、彼は続きを言わなかった。

「まさか、三木ちゃんとか……」

さらに追い打ちをかける。特定の人物の名前を出せばその名前に対する反応で何か分かるかと思ったのだ。

しかし彼はそれ以上心を動かすでもなく、私の背後に一度目をやり、ふざけたことを言った。

「いや、うん、秘密だ、それより後ろ」

秘密？　秘密だと？　後ろ？

「おっはよー！　パラ！　あれどうした？　元気ない？　南の島に行くんだよ！」

元気な挨拶(あいさつ)と共に後ろから抱き付かれて、私の疑問はすべて空中に投げ捨てられた。

力強い彼女の腕から解放され、やっと振り返ると、愛すべき友人は二月の極寒の中、皆がニット帽やマフラーを身に着けている中で、一人だけつば広の麦わら帽子をかぶっていた。

「おはよ、三木ちゃん。真冬の麦わら帽子って最先端だね、だっさ」

「なにおう、マフラーとかニット帽、絶対邪魔だってー。南国だよ南国！」

本当に嬉しそうに私の肩を揺さぶる三木ちゃんの心のリズムは、今ここにいる誰よりも速く強くなっていた。

それを見るだけで私の口元に笑みがこぼれる。

気に入らない人間がいれば、愛すべき人間もいる。

愛すべき友人、三木ちゃん。

彼女は言うなれば、馬鹿(ばか)で、思慮に浅く、視界の狭い、いや、こんなことを言えば彼女は当然怒り出すだろうが。

とにかく彼女は、私とは違う、何にでもすぐ心を動かすことの出来る、いい人間なのだ。

私は彼女のような人間に憧(あこが)れている。もちろん、なれやしないのは知っているけれど。

「そんな三木ちゃんが大好きだよ」

「なんだ突然！　でも、ははっ、ありがと。あ、おっはよー！」

三木ちゃんはまた一人友人を見つけると、五十メートルほど離れた彼女の元へと走って行ってしまった。とぼとぼと歩く宮里ちゃんが遠くからの大きな呼び声にぎくりと肩を震わせ、そして優しい笑顔になるのが見えた。

私はこの隙(すき)に宙に投げられた疑問を頭の中に戻し、王子様を問い詰めようとする。

しかし友達の多い彼は既にクラスメイトと話しこんでいて、私はいつも以上に彼への苛立ちを抱えたまま飛行機に乗ることとなってしまった。

この世界のどこかにいる神様とかいう奴が決めていやがるのさ、出会った二人の相性ってやつを。

それは例えば見た目とか立場とか出会いとかもっと大きなものだったりして、それに無意識に、そして致命的なまでに甘んじてしまうやつがほとんどなのだ。

背が高いから、低いから。スクールカーストが高いから、低いから。長く一緒にいたから、いないから。友達がいるから、いないから。

そんなもので、人は、人との関係を安易に判断したりする。

私は、愛する三木ちゃんにはそうなってほしくない。

だって私は、面倒くさい思考の中に生きる自分が嫌いな私は、信じたいのだ。想いこそが、人と人との関係性を決める最も強いものであり、全ての事情を飛び越えるはずだと。

そんな風に考えている私は、これまでの数ヶ月間、一人の男の子の一途な恋を成就させる為の時を過ごしてきた。そう、何を隠そうその恋の行き先こそが、まさに私の愛する友人、三木ちゃんなのである。彼の片想いが一過性のものでないことは私が保証しよう。

最初は見守ることから始めた。第三者として二人に悪い虫がつかないように見守る。時々三木ちゃんの言ってたことを、人づてに聞かせる程度のことしかやらなかった。そこからあまりに進展がないので支援に回った。二人きりにしてやったりと我ながらべたなことをやったものだ。しかしそれでも驚くほど進展がない。仕方なく、やれることはなんでもやっとこう派の私は、このままではなし崩し的に幼馴染だからなどというくだらない理由で三木ちゃんとくっついてしまうかもしれない王子様を、排除することにした。

どうやって排除するか。最も簡単な方法は私が彼を捕まえておくことであると考えた。つまり、私に好意をもたせてしまえばいいと。

色々なことをやった。王子様のかつての恋人がしていた髪型を調べてそれに近づけてみたり、何度も胸を押し付けてみたり、食事するときは一緒のものを食べてみたり、と。まあ今のところ、そのどれも効果がないようだが。

もちろん、今、修学旅行に来ている最中もそれらの攻撃をゆるめるつもりはなかったのだ。しかしながらここにきて、事情が変わってしまった。

彼の持っていた、鈴である。あれが、少々やっかいな代物（しろもの）なのだ。

あの鈴、私達にとってと他のコミュニティに属する人間にとってとでは明らかに持っている意味が違うと思われるので、説明しておかなければならない。

うちの学校にはあるのだ、代々伝わる反吐（へど）が出るような甘い恋のおまじないが。

それは、修学旅行中に二人っきりになり鈴を渡した相手とは、ずっと一緒にいられるという凡庸なものなのである。

どのように出来た都市伝説であるのかは今関係がないので説明は省く。本当に効果があるのかどうかなんてのもどうでもいいのだ。渡したことがイコール想いを告げたことになる、その事実にこそ意味があるのだから。

その鈴を、誰かに渡すつもりにせよ、誰かから受け取ったにせよ、王子様が持っていた。

そして、彼は、三木ちゃんを見て、その話題を避けた。彼が他のクラスの女子から鈴を受け取っただけならば、無視も出来よう。しかし三木ちゃんになんらかの関係がある可能性が、残念ながら高そうだ。

この問題は解決しなければならない。もちろん、ことを大きくして三木ちゃんと王子様の仲をたきつけてしまい、互いを必要以上に意識させるようなことがあってはならない。

あんな冷たい心を持つ人間が、三木ちゃんの熱い心を奪うなんて許さない。

「私の王子様、誰かから鈴貰ったって？」

平和祈念公園を見学中、王子様が同じ部活の男子に絡まれてる隙を見て、京の肩に予告なく後ろから腕を回した。彼は素直に心と体を震わせる。

「びっくりしたぁ。ああ、ヅカのこと？　いや聞いてないけど、貰っててもおかしくない、とは思う」

「三木ちゃんが渡してた」

私のその一言で、京の心臓が、爆弾でも落とされたみたいにフルスロットルで動き出す。

「嘘だよ。でも、いずれそうなるかもよ」

「や、うん、あ、そう、うん」

実は、本人の口から三木ちゃんへの想いを語ってくれたことは一度もない。けれど、そんなの私の能力がなくたって丸分かりだ。

好きな誰かの為にこれだけ心を動かせる彼を、私は気に入っている。

「し、師匠は誰かに渡すの？」

私は彼のギターの師匠でもあるのだが、なんとなく面白いので普段から師匠と呼ばせている。

「京こそ、ちゃんと鈴持ってきた？」

「い、いや」

「師匠命令。今すぐ買って修学旅行中に絶対に三木ちゃんに渡せ」

また更に、京の鼓動が速く強くなる。きっと想像でもしたのだろう。それだけで全力疾走状態なのだから、本番が来たら倒れるんじゃないか？

もし倒れても、渡すべきだと思うけれど。

三木ちゃんのことだ、三年生になれば勉強に本当に集中し始めるだろう。視野の狭さという彼女の弱点は、ここぞという時に余計な情報をシャットアウトする強さでもある。少なくとも想いのかけらくらいはここで渡しておかなければ。

「大丈夫、三木ちゃん思いっきり押したらいけるから」

実際、そうだと思う。彼女が私とは違って熱い心を持った人間だからこそ、熱い想いに呼応するはずだ。もし三木ちゃんの気持ちも無視して押し切るような馬鹿なら私が今すぐコバルトブルーの海に沈めてやるが、京は自分から下がって土俵から出てしまうような男なので多少は後ろから無理やり押してやらなければならない。こんな風に。

「三木ちゃん！　京が！」

私の大声に三木ちゃんが向こうの方から「どしたのー」と駆け寄ってくる。手前には京の何とも言えない顔が見えた。

「京くんが？」

「うん、京がすき……ずきしって何だっけって言ってるから教えてやって」

京に脅しの意味を含めたウインクを見せつけて二人から離れた。私は目的に応じて、人の心を故意に驚かすことにしている。鼓動が速まり強くなれば人は冷静さを失う。人には冷静でない方がいい時というものがあるのだ。特に京の場合、勢いで行動を起こしてしまった方がいいように思う。

私は二人を残し、三木ちゃんの抜けた女子グループにパラっぽい言葉と共に合流した。

パラというあだ名は愛すべき三木ちゃんがつけた。

こんな能力を持って生まれ、人の鼓動の速め方を知ってしまった私は、せめて誰かに刺激を与えられる人間でありたいと願っていた。そこに申し訳ていどの自尊心を見出した。そうして周りの人の心音を強く速く反応させられるように行動していたら、ある日からこう呼ばれ始めた。

パッパラパーのパラ、なのだそうだ。

皮肉だけれど、誇りに思っている。私の本性を絶対に知られてはいけないとも、思う。

またこのあだ名は、便利でもある。この世には、キャラ故に許される行動というものがあるからだ。

頭のおかしいあいつのやることだ、仕方がない。放っておけばいい。

私は、自らに与えられたパラというそのキャラクターを最大限に利用する。

「これからめくるめく告白タイムが始まるってわけだあ！」

「うるさいぞ黒田！」

修学旅行第一夜、ホテルの食事会場での夕食中、先生に怒られながら私は告白という言葉を聞いた同級生達の鼓動を観察した。リズムが変化しないもの、速まるもの、それぞれにいる。当然、極端に速くなるものに注目する。彼や彼女はチャンスを窺っているか、既に終えた後かのどちらかだろう。京みたいに想像だけで怖気(おじけ)づくのもいるだろうけど、男は、まあひとまずいい。

見たところ、三木ちゃんや、ついでに宮里ちゃんも私の言葉に即反応した様子はなかった。私の知る限りだけれど、三木ちゃんや王子様と親しい女子で心臓が跳ね上がった人間もいない。今夜告白にのぞむものはいなそうだ。

やはりあれは今後誰かに渡す為の鈴だったのだろうか。よくよく考えれば修学旅行出発前に告白をするというのはなかなかないだろうな。当の王子様は相変わらず心音を決して揺るがさず、エビフライを食べてやがる。

私が見ていることに気がついたのか、王子様はこちらを見てにかりと笑った。

表情には出さないが、腹が立つ。

一日目の夜は、少なくとも私の目の届く範囲では何も起こらなかった。

正確に言うと、私が三木ちゃんに投げつけた一つの枕(まくら)が部屋全体を巻き込んだ枕投げ大会を引き起こし、終わった頃にはみんなへとへとで何かが起こる前に寝てしまった。なるほどこうやって戦争は起こり人々は無意味な疲弊をするのだと思った。

そうして私だけが夜に取り残された。

考え事をしていると眠れない夜がある。よく日中眠そうだのぼうっとしているだのと言われるが、その所為だ。今日もそうだった。

しばらく布団の中で寝返りを繰り返し、何度か起きあがって三木ちゃんの布団にもぐりこんだり、ペットボトルのお茶を飲んだりしているとやがてそのお茶も無くなってしまった。仕方がないので、気分転換もかねて一階にある自動販売機に買いに行くことにした。

同室の五名。その模範的な心のリズムを確認してから暗い廊下に出た。私達の部屋は五階。先生達の部屋があるのが四階。男子達は三階だ。暗い廊下をエレベーターのところに歩いていくと、ちょうど二人の先生がいて見張りを交代するところだった。

「寝れないので飲み物を買ってきます」と正直に言って、私はエレベーターに乗った。一階のボタンを押し、なんとなく「ふぅ」と息をついた。

まもなく、エレベーターが止まった。一階についたのだとばかり思って、特に確認もせずに降りようとすると、前から来たしなやかな壁にぶつかった。

「おお、パラ、悪い」

見上げれば、そこにジャージ姿の王子様がいた。エレベーターの階数表示を確認するとまだ三階だった。私は舌打ちを心の中に隠して後ずさり、「これ下行くけどいいの？　女の子を狩りに行くんじゃないの？」とさぐりも混ぜた言葉を彼にかけた。

「行かねぇよ！　喉（のど）渇いて飲み物買いに来た。パラは？」

「男の子狩りに行こうとしたんだけど、王子様に邪魔されちゃった」

「だからなんだよその王子様って」

優しい王子様の笑顔に反応するようにエレベーターが一階で扉を開けた。

自販機が置いてあるロビーでは複数の先生が談笑していた。もちろん、全員が見知った先生だ。私達を見ると大人達はそれぞれの表情を浮かべた。面倒なので先んじる。

「体が火照（ほて）ってきたので、王子様と抜け出そうかと思いまして」

先生達の顔がほころぶのを確認すると、隣の彼が「エレベーターでたまたま会っただけっす」と笑って補足してくれた。

私は財布を取り出して自動販売機に足を向けた。「馬鹿なこと言ってないで、早く部屋に戻れよぉ」と担任の声を背中で聞く。

私がお茶を買って振り返ると、王子様が部活顧問の先生につつかれていた。迷わず置いていこうとすると、彼も話を切り上げて私についてきた。

「王子様、飲み物買うのでは？」

「ああ、そうだった」

らしくないドジ。そういうことをするのは三木ちゃんの役目だ。

お茶と缶コーヒーを買ってきた彼。どうやらまだまだ寝る気はないらしい。エレベーターは五階に行ってしまっていた。私がただ黙って待っていると、王子様が唐突に口を開いた。

「そういや、あの鈴、なんでもねえよ」

まさか彼のほうからその件を持ち出すとは思っていなかったので、少しだけ驚いて、彼を見た。

「王子様に限って、なんでもないってことは、ないでしょ」

彼は笑った。誰にでも向ける爽やかな笑顔ではなく、少し困ったように。その表情の意味を、私は考える。

「いや、本当にパラが気にするようなことじゃねえんだよ。だから、んー」

「だから、何？」

「探ったりしないで思いっきり遊んでたらいいんじゃね？　ほら、食堂でもなんか言ってたろ？」

「…………」

だから、そういうところが気に入らないのだ。

私は、不機嫌を気取られぬよう、一階まで下りてきたエレベーターに乗り込む。

「や、別にパラが誰かに告白しようと思ってるんなら別だけどな」

「私の心は王子様一筋だから、君が誰かに鈴渡そうとしてるんじゃないかとひやひやしちゃって」

「あはは、ありがとよ。でもマジでパラが気にするようなことじゃないから」

エレベーターが止まる。三階だ。

「お、じゃあ、また明日。おやすみー」

手を挙げた彼に私は「ん」としか答えなかった。その声音に、自分の中で一つ確信をした。

どうやら、今日はとことん眠れなさそうだった。

結局眠りにつけたのは朝方だった。音楽を聴きながら横になり、時計の短針が四と五のちょうど真ん中にあるのを見たのが最後の記憶だ。パジャマ姿の可愛い三木ちゃんに起こされたのが六時半。寝ぼけたふりをして三木ちゃんに抱き付き押し倒して、もらったげんこつで眠気を吹き飛ばした。

朝ご飯を食べ、バスで移動し、午前中は海に行ってボートに乗った。

私はボートに乗っている間も、それから浜辺を皆と歩く間も、現地の人達が民謡を披露してくれている間も、見ているものや聞いているものをそれなりに興味深く感じながら、まだ昨夜のことを考えていた。

何故、彼はわざわざあんなことを私に告げたのだろうか。彼の鼓動は大抵の場合そうであるように平常で、それなら言う通りなんでもないのかもしれないが、それを私に言うことになんの意味があるというのだろう。気にしないでいい、という言葉は、気にしないでほしいという意味であることがほとんどだ。思えば、私が昨日の朝に鈴のことに触れた時、彼の心は揺れていた。ということは、彼もやはり気にしないでほしいから、気にしなくていいと言ったのだろう。そう考えると、また同じ疑問に戻ってくる。王子様の鈴の紐は、誰に繋がっている？

「パラも寝不足か？　ぼうっとして。俺もねみいけど」

隣で、大きなあくびをする王子様。二日目の午後、昼食を食べた後の私達は水族館にいた。私と王子様は水槽の前で仲良く二人並んで魚を見ている。本当は班で行動をしなければならないんだけど。そこは私と宮里ちゃんでそれとなく王子様を京から引きはがした。今は少し離れたところで、三木ちゃんと京が魚を眺めながらなにやら話している。いいじゃないか、水族館デートだ。鈴でもなんでも渡してしまえと念じるけれど、今のところそんな気配はない。

宮里ちゃんがトイレに行っているタイミング。ここぞと、私は王子様との会話に興じてやることにする。

「王子様が意味深なこと言うから眠れなかったー、あのさ」

まるで、本当にそういう理由で気になっているようにすねた表情を作って彼の顔を一瞥(いちべつ)、少しうつむいて、訊(き)く。

「誰に渡す、鈴、なの？」

王子様は私の演技なんて最初から見ていなかったように、首を横に振る。

「だから、パラが気にするようなことじゃねえって……」

王子様の言葉が止まった。彼の視線の先を見ると、宮里ちゃんが戻ってきたところだった。白いシャツに、青いスカート。今日の服装は海を意識したのだろうか、背の小ささも相まってかわいらしい。

「どうしたの？　あれ、私、なんかついてる？」

自分の体を見まわし、両手で顔を触る宮里ちゃんを見て王子様は爽やかに笑う。

「違う違う、エルの服装、今日、かき氷みたいだなって、なあ、パラ？」

「……うん、美味(おい)しそうだ。食べちゃいたい」

私が言うと、宮里ちゃんは楽しそうに笑ってくれた。

その笑顔を見て、彼女が私達にもこんな風に笑ってくれるようになった今を嬉しく思った。私は彼女のことも大変好ましく思っている。宮里ちゃんは、いい子だ。私みたいに、自分を偽って皆を騙している人間とはわけが違う。

そんな宮里ちゃんに聞かれたくないような話を、気にするようなことじゃないだなんて、ふざけているにもほどがある。

ひょっとすると、どストレートに宮里ちゃんに渡すための鈴だとでも？　文化祭で同じグループにいたので仲良くなったようではあったけれども。

かまかけてみるか。やれることはなんでもやってやれ。やって後悔することなんてこの世にほとんどない。口の堅い王子様が少しでも口を滑らせれば儲けものだ。

順路を歩いていくと巨大水槽が現れ、三木ちゃんが、わーすっげーすっげーとはしゃいでいる後ろで、私はまず、すごい綺麗だねデートで来れたりしたら最高だねなんて言葉を王子様にかけることにした。

「王子さ」

「パラ！　すごい！　すごいよ！」

私の作戦は、興奮状態の三木ちゃんによって阻まれた。私の腕を三木ちゃんが搦めとり、引っ張っていく。三木ちゃんの心臓の鼓動は、見るまでもなかった。彼女の体に触れている私の腕が彼女の鼓動を直に伝えてくれる。本当はちょっと腕が痛かった。けれど、そんなこと、嬉しそうな三木ちゃんの行進を止める理由にはならない。もちろん、王子様との会話なんて天秤にもかけられない。

私が三木ちゃんに能動的についていこうと決めた時、ちらりと見えた彼の顔は楽しそうに笑っていた。

「すごかった！　ホントすごかった！」

可愛い三木ちゃんは子供みたいにその日の夜まで水族館の興奮が冷めやらぬ様子だった。燃え上がった三木ちゃんの話を遮れるものは誰もいない。とはいえ京なんかは嫌な顔一つせず何時間だって聞いていられるだろう。私だってそうだ。

「わぁ、私、将来先生になろうかなぁ」

「飼育員とかじゃねえのかよっ」

王子様のツッコミに、三木ちゃんは隣に座っている彼を箸で指す。刺したわけじゃないが、どちらにしろお行儀は悪い。

「だって修学旅行で毎年来れるじゃん」

「流石ミッキー、馬鹿な理由だなぁ」

王子様の肩に三木ちゃんのチョップがさく裂。そのやり取りを、仲が悪いからだと思えるほど京が楽観的ではないことに私は安心し、少しいらだつ。不安であるなら、何故今すぐ行動しないのか。

もし、私が京の立場なら、なんて自己投影、お節介が過ぎたのだろう。罰が当たったのかもしれない。夕食を食べ終わり入浴も終え、連絡事項の確認も終えての自由時間、私達の女子部屋では色恋話が話題の中心になった。出来る限り京のアシストとなることを言ってやろうと、人のお節介を焼いていたら、矛先が私に向いた。

「パラは、そういう話全然聞かないけど、誰か男の子に鈴を渡す予定ないの？」

クラスの中で所謂経験豊富な女の子がそう投げかけてきた。私に訊いてきたのは社交辞令ではなく、本当に興味があるのだと、少なくとも表情はそう見えた。ただ、普段は少し冷めたところのある子なのに、妙に速い心臓のリズムが気になった。と思って周りを見ると、三木ちゃんや宮里ちゃんの心臓も高鳴っている。どうやら修学旅行の夜という非日常に心臓が高鳴らない自分がおかしいらしい。

こんなつまらない私を気にかけてくれている皆に報いようと、せめて正直に答えた。

「興味ないよ。孤独が人生の創造性を生むからね、ふふ、男なんて邪魔だぜっ」

どう受け取られたのかは分からないが、皆が笑ってくれた。大抵の会話はこうやって乗り切ってきたから、今夜もいけるかと思っていたのだけれど、そうではなかった。

「でも最近、ヅカくんに王子様王子様ってくっついていってるじゃん？」

なるほど、そう来たか。しかし慌てる必要はない。その質問は想定の範囲内のもので、いくつか答えを用意してある。どの答え方がこの場で最も適しているだろうか。少し考えていると、私が答える前に意外にも宮里ちゃんがフォローを入れてくれた。

「私も最初ドキドキしながら見てたけど、ずっと見てたらただのコントだよね、つい笑っちゃうもん」

それは良い答えだと思った。何より私自身が明言せず「そんな感じ」の一言で済ませられるのがいい。恋愛感情であることを否定しながらも、ある種の含みを持たせられる。

「なーんだ、そうなんだー」

クラスの女の子の溜息に三木ちゃんが笑う。

「ははっ、パラがヅカと付き合うとか想像出来ないでしょ。想像したら笑いが止まらなくてひっくり返っちゃう」

ケタケタと笑いながら布団の上でひっくり返る三木ちゃん。見ていると、彼女は突然ぴたりと笑うのをやめて天井を見たまま、ニタリとして言った。

「でも誰かから鈴貰えちゃうかもよ」

「わーうれしー」

「すっごい棒読み。んー」

三木ちゃんは寝返りをうち、こっちを見ながらいつもの深い考えのない調子で呟いた。

「パラが本当に好きになる男の子ってどんなだろ。そんな人いるのかな？」

「……さあ、どうだろうね」

うまく答えられなかった。

心臓が揺れたからだった。揺らいだ自分に、動揺した。いつものようにひょうひょうと出来なかった。

こんなことで揺らぐのは、ひどく、珍しいことだった。珍しくて、少し吐き気がした。

「ちょっとお茶買ってくる。あ、誰かついてきて突然襲い掛かって暗がりに連れ込んでくれてもいいよ。あれ、三木ちゃんがついてきそうな顔をしている、怖い！」

「黙ってさっさと行け！」

愛しい三木ちゃんの予想通りのツッコミを背中に受けて、私は部屋を出た。深呼吸をしていると、胸の数字のリズムはすぐにいつもの通りに戻ってくれた。吐き気もやがておさまり、ただ、寝不足のせいか少しだけふらついた。

今日は早く寝られるといいけど。

そう願ってしまったのが馬鹿だった。

私はこの夜、三木ちゃんの寝息を聴きながらまんじりともせず朝を迎えることとなった。

三日目は太陽の照りが強かった。二月だというのに長袖では暑く感じられるほどの陽気。そりゃあこんな天気の中に住んでれば平均寿命も延びるだろう。

今日はお勉強の側面が強い日だ。フィールドワークをしたり基地のことを学びながらこの土地について考える。とても興味深い日程なのだけれど、少しだけ、自分の体力が心配だった。

普段ならば、寝不足が重なっても教室で座っていればなんとかなる。そういう日は大体家に帰って力尽き、夕食まで泥のように眠る。元々、あまり体力があるタイプではないのだ。体力と運動神経はこの能力と引き換えに神様が持っていってしまったのかもしれない。きっと元々私に割り振られるはずだったものが、王子様に与えられているのだろう。

あんまり寝てない、そう言っていた彼は今日も元気そうだった。心臓のリズムもいつもの通り平坦。私は寝不足のせいだ、いつもより若干速い。

あと二日と半分しかねえぞ、と朝から京を脅しバスに乗り込む。王子様の肩でも借りて体力を温存するかと考え彼の隣に座ると、バスが出発して数瞬後、彼が声を潜めてこんなことを言った。

「パラ、悪いけど、今日からはあのノリやめてくんね？」

何故そんなことを言うのか、どうして声を潜めたのか、理解できない私ではないけれど、すぐに引き下がっては全てがノリだと認めてしまうことになるので馬鹿のふりをした。

「あれって？」

王子様が苦笑する。それでいい。たとえ私の今までの行動がおふざけだと知られていても構わないのだ。ひょっとするとその奥には本当の想いがあるのかもしれないという予感さえ感じさせられればいい。

「くっついてきたり、王子様ったり？　おもしれえけどな。パラもミッキーと遊んでた方がいいだろ？」

ふーん。

まあ、実際のところ王子様の要求を飲むことに吝(やぶさ)かではなかった。今日の私は体力的に、彼のペースについていくのは無理があるかもしれない。なので、宮里ちゃんあたりとゆっくり行動するのもありだ。しかし、ここで単純に頷(うなず)く私では、当然なかった。

あ、の、す、ず、は？

いたずらっぽい顔を作って唇の動きだけで伝えた私の交換条件を、彼は想定していたのだろうか。心臓のリズムは全く揺れていなかった。ただ、もう一度苦笑して、首を横に振った。

自分に体力がないことや、こんな行動にあまり効果はないだろうことは分かっていた。それでも、私は、気に入らないというたった一つの感情に突き動かされ、覚悟を決めた。

体の力を抜いて、背もたれに体重を預け、それから王子様の肩に頭を載せた。

「仲良くしてね、私の王子様」

「お前なぁ」

怒ったっていいはずなのに、困ったように笑う王子様は優しい人だ。少なくとも表面上は。私はそこにつけこむ、嫌な奴だ。少なくとも中身は。

目をつぶって、いつもの私なら引いただろうかと考えた。きっとそうだ。寝不足が関係し感情的になったのかもしれないし、それに恐らく、昨日の夜のこと、三木ちゃんの言葉も関係しているのだ。

私は、王子様と意地の張り合いをすることに決めた。

当たり前だけれど、フィールドワークなのだから歩き続けることが基本だ。

「パラ、無理すんなよ」

「だ、大丈夫……」

くっつくなと言ったくせに、上り坂や階段では手を差し伸べてくれる王子様。こちとら運動によって最早(もはや)能力どうこうで心臓をコントロール出来ていないのに、彼の心臓は軽く踊っている程度でむしろ元気になっているようにすら見える。なんだ、こいつ。

王子様の助けを借りながら、優しい三木ちゃん達の応援を受け、どうにかこうにか午前の部を乗り切った私は、昼食の時間も王子様の隣に腰かけた。いつもなら食事の時間くらい彼を解放してやろうと気遣いを見せるのだけれど、意地の張り合いなんだ。私は王子様にあーんしてあげたり逆に催促したりして時を過ごした。三木ちゃんは笑ってくれてたけど、宮里ちゃんなんかは微妙な顔をしていた。彼女こそが良識的なのだと思う。ちなみに私は疲労で用意された昼食の八割を残し、意地とはなんの関係もなく残りを王子様にあげた。

これから始まる午後の部が午前よりも随分と楽そうなのは救いだった。基地や美術館などの施設見学とミニコンサートの鑑賞。修学旅行の日程を苦楽で捉えるのは間違っているけれど、今の私には大切なことだ。

昼食の片づけを終え、トイレ休憩の最中、どこかで栄養ドリンクでも買おうか考えていると、後ろから肩をちょいちょいとつつかれた。振り返ると、そこには班で私以外にただ一人、集合場所のロビーに残った宮里ちゃんが、心のリズムを速くして立っていた。

どうしたんだろう。そういう意味で首をかしげると、彼女は先ほどの食事中に見せた微妙な表情の意味を教えてくれた。

「あ、あの、よ、余計なお世話かもしれないんだけど、その、ヅカくんへのあれ、やめた方がいいんじゃないかなって」

「あらら、王子様困ってるように見える？」

「うーん、それよりも、パラも、楽しそうじゃない、し」

その、私の内側を覗くような言葉に、一瞬、本当に一瞬だと思うけれど、疲労によっていつもは隠せるものが隠せなかったのだろう。

顔の筋肉を、そういう風に動かしてしまった。人一倍敏感な宮里ちゃんは多分それに気がついた。だから、一歩後ずさった。

私はすぐに無理矢理笑って、「えー楽しいよー」と取り繕った。でも、もう遅かった。宮里ちゃんの顔は、微妙なひきつりを消してはくれなかった。

やってしまった。

実は、知っていたのだ。

宮里ちゃんは、私をどこかで少し怖がっているふしがある。それが、私を得体の知れないものとして捉えているからなのか、それとも私の冷たい内面を見抜いているからなのかは分からないけれど、いずれにしろ、彼女が持つ恐怖の理由は、正しくて理解できるのに、こうやって正面切ってつきつけられるのは初めてで、体験してみるとそれは、たまらなく、きついものだった。誰もいなければその場で、蹲（うずくま）ってしまいたくなるくらいには。

謝らなければと思った。彼女が私や王子様のことを思い、勇気を持って進言してくれたというのに、私はなんてひどいことを。そう思ったのに、ここで謝ったりすれば自分の冷たい内面を認める気がして、今度こそ本当に嫌われる気がして「ごめん」と一言、言えなかった。

また一つ、私は自分のことを嫌いになった。

「パラとエルどしたの？　何その営業スマイル合戦」

トイレから帰ってきた三木ちゃんに救われたのだろうか、それともむしろ取返しがつかなくなってしまったのだろうか。この後、私達は夜まで妙な距離を取ってしまって誤解を解くことが出来なかった。いや、そもそも誤解なんてないのだ。宮里ちゃんの感じているものは、恐らく全て正しいのだから。

引っ込みがつかなくなったのもあって、私はその後も王子様と行動を共にした。意地を張り続けた。何をこんなに頑張っているのだろうとも思った。けれど、考えてみればそれが自分を作り出す唯一（ゆいいつ）の手段だったと思い直した。

パラであるため、皆に好かれる自分であるために、今まで頑張ってきたのだ。

本当の自分のままじゃ駄目なんだ。頑張らなきゃ、頑張らなきゃ。

頑張らなきゃ、なんて心の中で唱え続けたのは、きっと、もう疲れていたのだろう。体と一緒に、心も。最後の一滴を、宮里ちゃんの一歩が持っていってしまった。

ほら、また私は、人のせいにする。本当は全部、自分が悪いのに。

そう、だから、それから起きたことも全部、私が悪いんだ。

午後の部のイベントを終えた私達はホテルへと移動した。夕食までには少し時間があって、班長は連絡事項を受け取りに集まらなければならなかったけれど、他の生徒は部屋での休憩にあてることとなった。一つの班は五人か六人で、うちの班の長は王子様だ。彼が明日のことなどを聞き取り、夕食時に伝えてくれる。私達の女子部屋からは、昨日私に恋愛の話をふってきた子がいなくなった。彼女は別の班の班長なのだ。

部屋には五人が残されて、元気いっぱいの三木ちゃんを中心に今日見学した様々な場所についての話で盛り上がっていた。

私はしばらく無言で彼女達の話を聞いてから、お茶を買ってくると言って部屋を出た。班長連絡会が終わるまでは基本的に部屋での待機を指示されているけれど、きちんとした用事があれば他の階への移動も許される。私は女子階を見張っている先生に事情を説明して、非常階段で下の階に下りることにした。全てのエレベーターが一階に下りていたから、きっと班長連絡会が終わって彼ら彼女らが戻ってこようとしているのだろう。男子達のいる三階で止まるだろうし、待つのもだるいから階段で下りてもいいか。というのは先生への言い訳で、本当は静かな場所で一人、整えたかったのだ。色々なものを。

重い扉をそうっと開けて、いつもは従業員さん達が使うのかもしれない階段を五階からゆっくりと下りて行った。一歩一歩、静かな空間でゆっくりと、なんとなく足音も立てたくなくて。

三階を通り過ぎる時、廊下から男子達の元気のいい声がした。二階に差し掛かり、私はふと足を止めた。二階は、食事会場や大浴場のある階だった。つまり、今は学校関係者は誰もいないということだ。

私は後で怒られても仕方がないと思いつつ、その場で階段に座り込んだ。ただそこで深呼吸が出来ればよかったのだ。深呼吸をし、いつもの自分に戻りたかっただけだった。

それだけだったのに、かなわなかったのは、他ならない、自分のせいだ。

ベージュ色の壁を見ながら、溜息用の酸素を吸ったタイミングだった。

「いいかげんにしてくれない？」

「…………へ？」

無防備な声が出てしまった。まるでパッパラパーそのものな。それがいけなかった。

「うっとうしいんだけどっ」

吐き捨てるような言葉。投げかけられてしばらく咀嚼出来ず、自分が誰に何を言われたのかを理解する頃、彼女は私を睨みつけて速足で階段を上っていってしまった。

「え、ちょっと、え？」

何が起こったのか、突然のことに衝撃を受けて、考える力を失ってしまった。彼女はクラスメイトで、うちの部屋の一員で、班長連絡会に出かけてて、あれ、じゃあ、なんでわざわざ非常階段を。そして、どうしてあんなことを。

彼女は言った、私に非難の言葉を向けた。謂れのない、のかすらも分からない。一体、何をもって私を非難したのだろうか。泣いていた、ような気もしたけれど。

一人で悩んで出ない答えというのは、誰かの力を借りて理解するしかないみたいだった。

先ほどまで彼女のいた方向、そちらを見ていると、下の階から一つの大きな影が姿を現した。

「パラ……」

いたのは、一人の、王子様だった。彼を見て、私は知恵の実でも与えられたかのように、彼女の言葉の意味を、理解した。

私は、また、人の心を傷つけてしまったようだった。

甘く握られた王子様の手の中から、はかなく綺麗な音が、一音漏れた。

「パラが気にするようなことじゃない」

いつか聞いたような言葉を、彼はかけてくれた。前回とは意味合いが違う。今回のは、ただの慰めだ。

つまりこういうことだ。私を睨みつけ、非難した彼女は、私が王子様と呼ぶ彼を本当に想っていた。だから、昨日の夜、あんなことを私に訊いたのだ。そして私が彼への想いを否定したくせに、いつにもまして彼にくっつくものだから、彼女には当てつけのように見えたのかもしれない。だからこらえ切れなくなって、チャンスを作り、彼に鈴を渡したのだ。ただ渡すだけでは飽き足らなかった。彼に答えを求め、想い届かず、その場を去る最中に私を見つけた。その時、彼女はこう思ったはずだ。笑いにでもきたわけ？　もしかすると、普段の私のキャラクターそのものから、彼女は気に入らなかったのかもしれない。

以上は、私の想像であるけれど、ほぼ当たっていると思う。王子様から聞けたのは、彼が彼女の告白を断ったという部分だけだったけれど、十分だった。

気にしない、なんて無理だった。人を傷つけ、気にしないでいられる人間なんているのだろうか。それは人として心に初めから組み込まれているもので、私が冷たい人間であるかは関係がないように思われた。すぐに、部屋に戻って心からの謝罪と弁明をしようと思った。しかし、思い直した。謝って、言い訳をして、彼女の傷ついた心が安らぐのだろうか。もし許してくれたとして、心が軽くなるのは私だけなのではないのか。またも、自分勝手なことを平気でしようとした自分が嫌になり、そうして、何も言えなくなってしまった。

部屋に戻っても彼女は目も合わせてくれなかった。私が口を開けないでいると、飲み物を買い忘れたことを三木ちゃんにいじられ、いつものように反応出来なかったものだから、心配をされ、私の罪悪感は瞬(またた)く間に膨れ上がった。違うんだ、今、心配されるべきなのは、私なんかじゃないんだ。それを口にするわけにもいかず、かといって落ち込んだ様子を見せれば、まるで自分が可哀想(かわいそう)だと主張しているようで、出来る限り明るく振る舞うよう努めた。

夕食は喉を通らなかった。食欲がない、そんな言葉で見逃してくれるほど皆は薄情ではない。特に事情を察しているのだろう王子様は真剣な眼差しを向けてくれていたけれど、今はそれを受け取れる余裕もなく、ただ余ったものは食べてもらうことにした。

問題の解決方法がどこかにないだろうかと、私は必死に考えた。しかし考えれば考えるほど、今回の問題というのは、もともと私が抱えていた問題がたまたま顕在化したにすぎず、傷つけてしまった彼女や、怖がらせてしまった宮里ちゃんとの関係を築き直すには、自らのあり方をどうにかしなければならないということに気がつき、それはこの修学旅行中に解決するにはあまりに大きすぎる問題であるように思えた。

食事が終わって、連絡事項を聞き、部屋に戻り、入浴のため大浴場に移動する。その間もちろん、彼女は目なんて合わせてくれずに、宮里ちゃんは私の様子を心配してくれたのか努めて平静を装い声をかけてくれたけれど、彼女の心は揺れていた。友人への最低限の礼儀として、私もまた平静を装うことに努めた。

服を脱ぎ、体を洗って、湯船に浸かる。意識せずとも行うことの出来る、習慣。あまりにごちゃごちゃとした頭は使わず、私は人としての動きだけを完璧にこなした。

ただし、その正しさが裏目に出るようなことをやってきていた場合だってあって、パラとは、そういう人間だった。

「パラ、マジでどうしちゃったの？　いっつも私が頭洗ってる時なんかしてくるからびくびくしてたんだけど」

「……逆に裏切るパターンだったんだけど、楽しみにしてくれてたなら、明日からはりきっちゃおう！」

無理をした。いや、正確に言えば、これまで無理をして頑張っていたことをはっきり自覚した。私の言葉に、つい口から出てしまった言葉なんてほとんどない。その言葉はきちんと頭の中で精査され、考え抜かれた上で音となる。つまり、心からの言葉で喋ってなんていないのだ。無理をして喋っている私の言葉は、魂の言葉ではない。

湯船に口元まで浸かり、お湯の中で喋ると、三木ちゃんが「は？　なんて？」と思ったことを恐らくは何も考えずに口にした。私は答えなかった。「三木ちゃんは、こんな奴と喋っちゃいけないんだよ」と言ったからだった。繰り返す勇気は、なかった。ずるい私がそっと脳天を押してお湯に沈めた。

それから、一つ、思いついた。この修学旅行が終わったら、不登校になるというのはどうだろう。皆、パッパラパーのやることだからと、許してくれるはずだ。そうすれば少なくとも、私の顔なんて見たくもないのだろう早々に浴場からいなくなった彼女が嫌な気にならずに済むし、宮里ちゃんは私を怖がらずに済む。それはいい考えだ。

そうだ、たとえ、たとえ……。

自律神経が馬鹿になっていた。体がおかしなだけだ。心臓の鼓動が速いのは、単に風呂(ふろ)に入っているからだ。涙が止まらなくなったのも、どこかの回線がふやけてしまったのだ。

顔を湯船につける。三木ちゃん達が浴場から出ようとするのを見て「もうちょっといる」と言って、湯船に残る。声は震えていなかっただろうか、目からこぼれる瞬間を見られなかっただろうかと、不安になる。

ああ、人の心のリズムが分かる能力なんていらなかった。代わりに、自分と、それから誰かの涙を止められる能力を貰えていたらどんなによかっただろうか。

なんて馬鹿げたことを考えていたら、願いが、少しだけ、本当に少しだけ通じたようで、涙はやがて止まってくれた。

鼻をすすって、立ち上がる。少し、長く浸かり過ぎたようだ。頭がぼうっとしていた。段差をまたいで、湯船を出て、タイルの床に足を踏み出す。

……最初は、滑ったのだと思った。

運動神経のなさからか、私はよくすっころぶ。だから、その延長線上のミスなのだと思った。ところが、それとはどうも感覚が違った。踏み外した感覚や、床が離れていくような感覚はなく、ただこれ以上なく単純に形容するならば、床が、消えたのかと思った。

女の子の悲鳴が聞こえた。とんでもなく速い自分の心音も、まるで心臓が耳の隣にあるくらいうるさく。体に力を入れようとしても、無駄だった。

ぼうっとした意識の中、やがて、何も聞こえなくなった。

熱い、軽い、気持ち悪い。

そういう波に漂う中、何度も冷たいものを口に流し入れられ飲み込み、おでこに時折冷たいものが載せられた。そんな気がした。

目を覚ました時、私は暗闇にいた。しばらくは目を開いてもどちらが上で下で右で左か分からなかった。やがて指を動かすことが出来た。その指で近くのものに触り、どうやら布団の上に寝かされているようだと分かった。

それからかなり重いけれど腕が動かせると分かった。私は腕を持ち上げて、ぱたんと布団に落としてみた。誰かが周囲にいるならば、その音で気づいてくれるはずだと思った。その行動は、どうやら正解だったようだ。

「起きた？　私のこと、ちゃんと見える？」

柔らかい色の電気がつけられると、横に見知らぬ女性がいた。私は喋るのが億劫だったので、首の動きで肯定を表現した。

彼女は、医者だと言った。彼女の助けを借りて横向きの姿勢になり、ストローを使ってスポーツドリンクを飲んだ。血管に染み込んだかと思うくらい、体との温度差が感じられた。

まずは私が風呂場で倒れたことを伝えられた。いわゆる、熱中症のたぐいだそうだ。心当たりはあるかと訊かれたので、睡眠不足と、運動、そしてほとんど食事をとっていないことをたどたどしくも告げると、彼女は柔らかい口調で私を叱り、生徒の管理を出来ていない教師達を叱りつける予告をした。

「私が、悪いんです……」

そんなことを言うと、また、叱られた。

幸い、熱失神というものを起こしただけで症状は軽い方だとのことだった。彼女は私を残し、報告のために部屋を出ていった。

ゆっくり寝ておきなさい。そんなことを言われたけど、果たして眠れるだろうか。そんな心配は杞憂だった。

目をつぶると、果たして何かを感じる時間すらあったのかなかったのか、私は眠りについた。

翌日は、離島に船で行く予定だったが、私はホテルで先生一人と留守番をすることになった。涼しい部屋でぼうっとしている、とても珍しい修学旅行の一日を過ごす。

昨日の夜、私が倒れてから想像していたよりも随分と大騒ぎになったらしい。特に三木ちゃんはひどくて下着姿のまま素っ裸の私を廊下に連れ出そうとして皆に止められたそうだ。そのシーンを思い浮かべるだけで笑えるのだけれど、そう愉快なことばかりでもなくて、三木ちゃんは担任から「黒田のことは任せて寝ろ」と言われているのに聞かず深夜まで廊下をうろついていたらしい。そのせいで怒られ、おまけに今日は寝不足のまま彼女は離島に向かった。

私なんかのためにごめん、と、朝、三木ちゃんに会った時に言えなかったのは、彼女が本当に私のことを心配していたのだと、真っ赤な目と心のリズムが教えてくれたからだった。ごめんではなくて、こういう時はありがとうと伝えるべきだと、私でも知っていた。

保健室として使われている静かな部屋で一人になって、改めて考えてみると、昨日の私はやはり珍しく冷静さを欠いていたのだと思う。体調のことに加えて色々と重なったせいもあるだろうけれど、心のリズムをコントロール出来ていなかった。今は、いつもより少し速いリズムではあるけれど安定している。昨日のことを思い出すと少し心が揺れそうになるけど大丈夫だ。だから反省も出来る。よくよく考えれば、不登校になるなんて愚の骨頂だ。私がこのタイミングでいなくなったりしたら、怒っていた彼女や繊細な宮里ちゃんは当然気にしてしまうだろうし、三木ちゃんは、きっと毎日のように私の家に通いつめるだろう。そんなことをさせてはいけないのだ。気がつくのに、熱中症程度の代償で済んだのだから儲けものと思っていいかもしれない。

ひとまず今朝は、皆の前でいつもの通りの自分でいることが出来た。三木ちゃん達の心音をもてあそび、笑顔で見送った。あの様子なら私のことなんて気にせず今日を楽しんでくれるだろう。

心配なのは、やはり王子様の鈴の行方だ。あの朝持っていたもの、一日目で渡してしまう馬鹿はいないだろうから、あれはやはり彼が渡すためのものだったはずだ。いったい誰に渡すものだったのか。相手があの時王子様の視線の先にいた、三木ちゃんだとしたら、そして今日私がいない隙に渡してしまうつもりだとしたら、私はどうすればいいだろうか。

昨日、彼と話した時のことを思い出す。

告白された直後、断った直後だというのに、彼の心のリズムは、全く揺れていなかった。

やっぱり私はどうしても彼のことを好きになれない。しかしながら彼の心のうちを知っているのは私に能力があるからだ。少なくとも表面上は好青年である彼に、騙される人達を責めることは出来ない。だから、守ってあげたかったんだけど。

もちろん知っている。私も同じだってことくらい。私も、この腐った性根を隠し、三木ちゃん達と友人であることを自分に許してしまっている。本当は彼と同類。

だからこそだ。私は三木ちゃんに見つけてほしい。友人である私や王子様より、近しく、優しい心で寄り添ってくれる、そんな存在を。そうすれば、私達のことなんて忘れてくれていい。

京は、頑張っているだろうか。

明日はもう、私達の町に帰る日だ。

体調は夕方頃にはもう万全で、しかし体力を使わないに越したことはないと思い、布団の中でうとうとしていると、遠くの方からざわざわとした喧噪が聞こえた。どうやら、皆が帰ってきたらしい。

なんとなくむくりと起き上がり、身だしなみを整えておく。その行動は正解だったようで、扉がノックされた。扉を開けると、今日一日私の面倒を見てくれた先生がいた。調子を訊かれたので好調だと答え、夕飯を食べられそうかと訊かれたので空腹だと答えた。もちろん、言葉にパラのエッセンスを添えて。

しばらくすると、今度は担任の先生がやってきて、夕飯まではこの部屋で待機だということを伝えられた。合流は食堂でとのことだった。「今、部屋に帰したら三木が全力で騒ぎそうだから」というのは半分冗談だろうけれど、半分本気だったろう。

私は、大人しく夕食を待つことにした。布団を畳んで、窓際に置かれていた椅子に座る。窓を開けていると、風が吹いてきてとても気持ちがよかった。

何も考えなくていい、とても穏やかな時間が、恐らくは修学旅行が始まって以来初めて、私の心に流れた。

ただ、平和も平穏もいつかは終わるものだなんて思いたくないけれど、私の平穏に限って言えばいつかは終わるものだったらしい。それは意外と早く、そして、激しく訪れた。

扉が、ノックされた。

また先生が来たのか、夕飯の時間にしては少しばかり早い。そういうことを思いながら無防備に、そして無自覚に扉を開けて、私は果たして、嫌悪（けんお）の表情を隠すことが出来ていただろうか。

「よ、パラ、元気か？」

「ご無沙汰（ぶさた）しております、王子様」

彼はいつもと変わらぬ笑顔で「んだよそれ」と言ってから、手に持ったしおりを掲げた。

「これ、パラのやつ。連絡が色々あってさ、班長だから伝えに来たっつうのが建前で、皆がパラは元気かってうるさいから、代表して俺だけ来たんだ。入って大丈夫か？」

「私が王子様の入室を断ると思う？」

「思わねえけど、入れてくれたらありがたい。ミッキーに、立ち話させて体調おかしくさせたら殺すって言われてる」

おどける彼を中に招き入れ、私は部屋の電気をつけた。テーブルをはさんで二つ用意された椅子、そこに向かい合って座る。

「体調はもういいわけ？」

「うん、万全とは程遠かったけど王子様の顔見たら回復しちゃった」

「俺しかいねえのにやり続けんの、すげえな」

愉快そうに笑いながら、彼は日中に行われた連絡や、班の中で共有すべき情報を色々と伝えてくれた。建前と言っていたけれど、こういうところは真面目だ。真面目で信頼もあるから、ここに来ることを許されたのだろう。もちろん先生は近くにいるのだろうけれど、修学旅行中、男女が部屋に二人きりだなんて。

「破廉恥だね」

「は？　よし、まあ連絡はそんな感じかな」

「さんきゅーさんきゅー。お礼に帰ったらガリガリ君を買ってあげよう」

「寒ぃよ！　つって、よし、んじゃあ、こっからは俺の個人的な話ってことで」

個人的な、話？

考えようとして、それのことが浮かぶ前に彼が口にした。

「あの鈴、ミッキーに渡す用じゃねえよ」

「………あー、そうだったんだ？　どうして教えてくれる気になったの？」

「心配してんだろうなと思ってさ」

私は考えて、答える。

「私が王子様の心を三木ちゃんに奪われるのを心配してるって思ったんだ？」

「違う」

彼はきっぱりと否定し、それから私の目を見た。じっと。まるでこれから世紀の告白でもするかのように。そんな時も彼の心は、いつもと変わらないリズムを刻んでいた。私は、どうだったろう。

「俺みたいなのが、万が一ミッキーとくっついたりすんのを。パラさ」

「うん」

彼は、ニコリと笑って、言った。

「俺のこと、嫌いだろ？」

……心の内を明かそう。正直、どきりとした。心臓が、大いに揺れた。

自分はいつ、そんなそぶりを見せてしまったのだろうかと記憶を掘り起こす。あの時か？　あの時か？　それともさっき扉を開けた瞬間か。いや、違う。彼の心はやっぱり揺らいでいない。ということは、以前からそう思っていたということだ。しかも、想像なんかじゃなくて、恐らくはほとんど確信に近いものとして。

次に考えたのは、何故それを私に言ったのかということだった。牽制(けんせい)、要求、恫喝(どうかつ)、その全ての可能性を考えたけれど、どこか違う気がした。

誤魔化(ごまか)そうとした。いつものように、王子様と呼んで。でもそうしなかったのは、三木ちゃんの顔が浮かんだからだった。彼女や他の友人達に対して見せられるせめてもの誠意が、冗談は言っても嘘はつかない、正直でいることだと決めていたはずだ。だから、私は、頷いてしまった。これで、私の策略が一つ終わりを迎えた。

「でも、嫌いっていうのとは、ちょっと違う」

「気に入らねえ？」

「それだね。それだ。的を射てる。百点」

私のとんだ言い草に彼は笑った。気に入らないと言われて何が面白いのだろうと思った。だから、訊いてみた。

「気に入らないって言われてなんで笑うの？」

私の問いに、彼はあまりにも意外なことを言った。

「いや、なんか、スッとしてさ。やっとこいつ本音を言いやがったなっていうか」

「私は、ずっと、本音だよ」

「でも、俺に好きって言ってきてただろ？」

迷ったけれど、これには首を横に振った。

「それは違う。さっき君が言ったように、私は大好きな三木ちゃんと君がくっついてほしくないの。だから、私のことを好きにならせようとしたの。でも私、君のこと恋愛対象として好きだなんて一回も言ってないよ。残念だったね、王子様」

「あー、残念。そっかなるほどな、でも、パラっていっつもそんな感じだもんな」

分かった風な口ぶりがムカつく。

「そんな感じ？」

「うん、なんつうか、本音を本音で隠すっていうか。しかもそれが異常に上手い」

「あ、ごめん、やっぱ嫌いかも」

嫌いと言われた彼は、楽しそうに笑った。それを見て、私が考えたことはこうだ。

ひょっとすると彼と私は、想像していたよりもずっと、似ているのかもしれない。

だからきっと、心の内が分かるのだ。だからきっと、嫌いなのだ。

きっと、そうだと思ったから、訊いてみた。

「そんな君こそ私を嫌いなんじゃないの？」

その質問に、てっきり心を揺らさず頷くと思ってた彼はきょとんとした。

「俺？　パラのこと？　全然、嫌いじゃねえよ。おもしれえなって思うし」

ああそうか。なるほど、と私は頷いた。

忘れていた。彼と私には、似た者同士なんて言葉でくくれない、覆しがたい大きな大きな違いがあること。それによって、相手への印象なんて違って当然なのだ。そこを忘れていた。

私には他の誰にもない能力がある。

だとしたら、フェアではないと思った。

私と彼には大きな違いがあるけれど、もちろん、同じ部分だってあるだろう。これは私と彼、というよりは、全ての人に共通する、生理的感情だ。

誰だって、嫌いじゃない相手に気に入らないと言われれば少しは傷つく。

誠意を尽くそうと思ったわけではない、フェアではないと、思ったのだ。

「私は、君の思ってるような面白い人間じゃないよ」

ある意味で、一世一代の告白だった。いつもの私なら、彼にこんなことを言う損得を考えてしまっていたかもしれない。だとするなら、私の熱中症は、まだ治っていないのだ。

「君が面白いと思ってくれてるかもしれない、私の発言は、私がこう言ったら面白いと思われるだろうと、計算して言ってるものだし。君が面白いと思ってくれてるかもしれない、私の行動は、私がこうやったら驚かれるだろうと狙ってやっているものなんだ」

　分かりやすいはずの私の説明に、彼は首を傾(かし)げた。

「どういうことだ？」

「だから……私は君達の言うようなパッパラパーじゃないってことだよ。突飛で破天荒で情熱的な人間じゃないの。君は勘違いをしてる」

「俺には、パラはそういう奴に見えるけど」

「そうじゃないんだよ。本当は私だってそういう人間になりたいよ。損得なんて考えない人間になりたいし、やりたいことだけ迷いなくやれる人間になりたい。でも、実際の私はそうじゃない。私の言葉や、行動は、私がなりたい私に過ぎない。本当の私じゃ、ないの」

　どうしてこんなことまで話してしまっているのだろう、そう思った。心は速いリズムを刻んでいるし、ひょっとすると本当に熱中症が精神に影響を与えているのかもしれない。誰にも話していないことを、よりにもよって、気に入らない彼に話すなんて。けれど、これで、条件はフェアになったと感じた。私が不躾(ぶしつけ)にも彼の心の平坦さを知っているように、彼にも私の内面を知らせた。これで対等。これで、しっかり嫌われると思った。出会ってからこれまで、私は彼や三木ちゃんを騙していたと告白したのだから。そしてそれは彼も同じだろうから。

なのに彼は相変わらず、私の言葉が要領を得ないという顔をして、こうつぶやいた。

「んなの、皆、そうじゃね？」

っていうか、と彼は続けた。

「なりたいって思った自分が、そうなら、それはパラがそう思ってるってことだろ。それに、自分はパッパラパーじゃないつったけど、いやいや、考えなしにあーいうことやってるより、考えてあーいうことやってる方がやべえって、完全にパッパラパーだ」

彼は面白そうに笑った。

「俺だってさ、本当はそんなしっかりしてねえけど、班長引き受けてみたりさ、誰かの相談のってみたり、本当は、そういう自分になりてえんだよな、家では長男だし」

私は、彼の話を聞いてみることにした。

「ミッキーとかだってそうだろ。あいつさ、ずっと言ってんじゃん、ヒーローになりたいって。でもあいつ失敗とか滅茶苦茶多いし、間抜けてるし、あんな奴がヒーローだったら世界一瞬で滅びるぞ、でもさ」

　その笑顔は、親友を心から誇るものに、見えてしまった。

「ヒーローになりたいから、不登校のクラスメイトの家に突っ込んでいったりするわけで、なんつうかな。それって結局、ヒーローの行動だと思うんだよ。自然体とは違うけど、かっこいいじゃん。あ、絶対ミッキーに言うなよ、調子に乗るから」

「……ん、まあ、そうかな」

　私の肯定は、三木ちゃんがヒーローだということについてだったのだけれど、彼は「あいつ褒めてろくなことないから」と言った。

「だから皆、そういうとこはあるんだって。ただ、俺とかミッキーはさ、なりたいもんになろうとはしてるけど、下手なんだよな。すぐ地が出る。大事なとこで失敗したり、口滑らせたりとかな。俺なんか最近は特に。だから、息が詰まらないんだと思う」

「……」

「それがさ、パラは上手すぎるんだよ。それを、もうちょっと気楽でいいんじゃねぇかなって思って。無理するとさ、またぶっ倒れるぞ。それに多分、パラの場合、さっきの話聞いたら、少しくらい気を抜いてた方がおもしれぇと思う」

「……」

私が、何か、言葉を選んでいると、彼は「さて」と言ってすっくと立ちあがった。しおりを持っているのを見ると、言いたいことは言い終えたらしい。

「じゃ、また夕飯の時にな」

「それを言いに来たの？」

質問の意味が、分からないではなかったろう。けれど、彼は笑った。

「いや、一回くらい女子の部屋に忍び込んでみたくて」

「何それ」

くだらない冗談に、反射的に笑ってしまった。まるで三木ちゃんみたいに。

彼が部屋を出て行こうとするのを大人しく見守ろうと思ったのだけれど、そういえばと思い出し、今一度訊いてみることにした。

「結局、あの鈴はなんだったの？」

彼はドアノブに手をかけたところで立ち止まり、「んー」と悩んだように唸（うな）ってから、こちらに一度振り返った。

「今はなんでもないってことにしといてくれ」

そんなことを言うと、彼は私の返事を待たずに部屋を出て行った。

王子様の意味深な発言、いつもならああだこうだと考えるけれど、今日だけはせっかく慰めに来てくれた彼に免じて深追いはしないことにした。平熱の優しさ。彼の様子にそんな言葉が浮かんだ自分は、やっぱりまだ熱中症が治っていないのだと思った。

修学旅行最終日は、街に繰り出しての自由時間がメインで、午後には私達の町へと帰還することになる。興奮から寂寥（せきりょう）へと変わった皆の心模様は、出発時とはまた別の種類のリズムでそれぞれに速まっていた。

私はもう、王子様にくっつくのをやめた。最後の日くらい、きちんと三木ちゃんと遊びたいという自分の欲求に従うことにした。それに、昨日の夜、無断で体調不良の子の待機する部屋に忍び込み、先生からマジの説教を食らったらしき彼を少しだけ気遣った。

街中での行動は基本的には班行動となった。私達は甘いものを食べてみたり、お土産屋に寄ってみたりした。

私のパラとしてのスタンスは特に前日までと変わることはなかった。王子様の忠告に反発したのかというと、そういうわけでもない。かと言って、納得したわけでもないけど。

ただ、これが私だと分かったのだ。だから、今までと何ら変える必要はないと思った。

三木ちゃんのつけてくれたパラという自分の呼び名を、これからは皮肉だなんて思わずに心から誇ろうとそう思っていた。

もちろん、怒らせてしまったクラスメイトや宮里ちゃんとの溝は少しずつ埋めていけたらいいと思う。今度はきちんと、本当の友人として。

途中でお昼ご飯を食べて、今まで見た中でめぼしいものがあったお土産屋さんを再度訪問し、そこで各自が買い物をしようということになった。

私達はアクセサリーだなんだを、男子達は奇妙な置物を物色していると、ある時、三木ちゃんがへったくそなアイコンタクトを京に送っていることに気がついた。何かと思っていると、京がこちらに来て宮里ちゃんを呼び、一緒にどこかへ消えたから、私はてっきりまた三木ちゃんの恋愛センサーが誤作動でも起こしているのかと思ったら、違った。

二人きりになると、三木ちゃんは私の手を無言で引いて、一度、お店の外へと連れ出し、そして改まって私と向き合った。なんだろう。

「はい、これあげる」

受け取る前に、それがなんなのかは音が教えてくれた。三木ちゃんの掌に載るそれは、小さな貝殻の飾りがついた鈴。

「なに、これ」

「鈴だよっ。ほら、プレゼントするとずっと一緒にいられるよってやつ。二人っきりにならないといけないっていうからさ。ヅカのせいでパラにはなかなか渡せなかったんだよねぇ」

私は、無言でそれを受け取った。言葉が、出てこなかったのだ。

「どしたの？」

「…………ありがとう」

「げ、何、素直。絶対愛の告白だぁとか言ってなんかしてくると思ったから迎え撃つ準備してたのに」

「大事に、するよ」

本心だった。本心だったけれど、本当の本当は、その言葉には続きがあって、けれど、それはその鈴を胸に抱くことで、そっと、隠すことが出来た。

「あ、そういえば、伏線どうだった？　誰かから鈴貰えるかもよって私言ったでしょ？　びっくりした？」

「あれが伏線？　うわぁ、へったくそぉ」

「なにおう。皆にもあげたけど、パラのだけ特別だから見せびらかしていいよ」

「なんだ私だけじゃないんだ、がっかり」

そんなことだろうと思ったけれど、少しくらい言っちゃいけないことを言ってしまってもいいかなと思った。気を抜いてもいいと、言われたから。

………皆にもあげた、というのは。

「お返しもしなくていいからね、基本的に片道でもおーけーなんだって。あ、そうだ、でも、昨日お返し貰っちゃったんだ。ほら、これ、京くんから」

三木ちゃんはポケットから小さな鈴を一つ取り出した。彼女の心のリズムが、少しだけ、速まったのが分かった。

「貰うだけじゃ悪いからってくれて、そういうんじゃないんだけど、ちょっとだけ貰う時緊張しちゃったよー」

「へぇ、驚いた」

そっか、やるじゃん。我が弟子。

早速、あとで師匠へのほうれんそうが出来ていないことをいじり倒して遊んでやろうと思っていると、三木ちゃんが隣で空を見上げながら大きく伸びをした。

「よかったー、ちゃんと皆に渡せて。私さ、一番最初にヅカにね、一応あんなんでも友達だからあげたんだけど、あいつにしか渡せなかったらなんか変な感じになるところだった」

それは見てられないなと思った。色んな人が、心を乱されそうだ。

…………一番最初？

「彼に鈴あげたのっていつ？」

「彼って言い方やめてよ。初日だよ。電光石火でしょ？」

頭の中で、初日、出発前の記憶が蘇った。

「なんだそれ！」

らしくない、いや、らしいのかもしれない叫びが思わず口から飛び出した。そういうことか、私がこの修学旅行中振り回された謎は馬鹿みたいな答えだった。考えてみれば、三木ちゃんがあの時、彼にだけ挨拶をしなかったのは既に朝会っていたからだ。彼が頑なに言わなかったのは、三木ちゃんが私達を驚かせる為と口止めしたのだろう。水族館で宮里ちゃんが来た時にすぐ話題を変えたのもそうか。考えれば考えるほど、なんだそれ！

「何が？」

「いや、私やっぱ、あのヅカとかいう奴嫌い」

「ははっ！　この前までくっついてたのに、何それ」

なんだそうか、色々と気を回し過ぎて馬鹿を見てしまった。確かに今回のことを教訓にするならば、彼の言う通りもう少し簡単に物事を考えてみたくもなってくる。気を抜いてもいいかもしれないと思えてくる。

まあいい、とりあえず、これで一件落着。

と、思ったのに、三木ちゃんの言葉が、事態を、もう一歩先へと、導いた。

「でも確かにあいつしっつれいなの。私が平和祈念公園で何も言わず鈴をぺいってパスしたら咄嗟に打ち返してきやがって、地面に落ちて傷ついたんだよ。だからあいつとの縁は切れるかもしれない、ははっ！」

「…………え？　渡したの、朝じゃないの？」

「んーん、朝は私が車で送ってもらったとこにちょうどあいつも送ってもらって到着したタイミングでさ、流石に互いの両親知ってんのに、そこで鈴渡すような勇気はなかったなぁ。大体、もう来てる子達もいっぱいいたしね。なんで？」

「いや……」

どういうことだろう。三木ちゃんの言葉通りだとすると、彼はやっぱり誰かに渡す為に自分で鈴を持って来ていたということになる。一体、誰に。

お店の中に戻ると、京と王子様、そして宮里ちゃんが仲良さそうに手作りドーナツを試食していた。

そこでふと、思い至った。ひらめきと言ってもよかった。

「三木ちゃん、王子様って宮里ちゃんのことなんて呼んでるっけ？」

「ん？　エルじゃない？」

そっか、そういうことか。

初日の朝、私は彼に訊いた。

『鈴、どうしたの？』

その時、彼は言い淀(よど)んだように見えた。

でも違ったんだ。あれは、口を滑らせていたんだな。

わん、とぅ、すりぃ、ふぉ。わん、とぅ、すりぃ、ふぉ。

二人に笑いかける王子様の心音が、その時、少しだけ速まって見えた気がした。

か♠く◇し♣ご♡と

三者面談に備え三年生の授業が午前中で終わった放課後、食堂に行くとミッキーがテーブルの上にクッキーを広げていた。そっと近づいてわきからつまみ食いすると、いきなり強烈な腹パンをくらった。

「勝手に食べんなっ！」

「うん、うまいっ」

ミッキーの頭の上には『怒』のダイヤが浮かぶ。代わりに『喜』のスペードを浮かべたのは、ミッキーの向かいに座っていたエルだった。エルが作ったのか。彼女はにこりと柔らかく笑ってくれて、最近いつもそうであるように俺は目をそらしてしまった。

「私もまだ食べてないのにっ」

「マジか、悪い。でも流石(さすが)だな、うまいよ」

もう一回とんできたパンチ。今度もきちんと受けて、ミッキーの憂さを晴らしておく。でもそれだけじゃ気を遣ったと思われるので、「まあ、ミッキーが料理するわけねえな」と付け加える。ミッキーの頭上にまた『怒』のダイヤと、ついでにエルの頭上にも小さなダイヤが浮かんだ。一応は女子であるミッキーがけなされたことに小さな反感を覚えたのかもしれない。それはすぐに消えてしまうようないわゆる「ムッとした」程度のものなのでそんなに気にすることじゃない。

「くっそう、まあいいや、無視無視」

　ミッキーは改めてと手を合わせ、エルの焼いたクッキーを食べる。するとすぐに『怒』のダイヤは消え、大きな『喜』のスペードが頭上に浮かんだ。この場にいる誰よりも、ついでに言うと、今この学校にいる誰よりも大きなマークだ。それぞれのマークが誰のものかは分からないけれど、位置と大きさくらいなら建物全域での判別ができる。間違いなく、ミッキーが一番。それが一枚のクッキーでっていうんだから、すげえ奴。

「美味しいっ！」

「なっ、美味いだろ？」

「ヅカまだいたの？　部活でしょ？　さっさと行けば？　死ねっ」

「口悪ぃなっ！　三者面談中は自主トレか勉強だ。図書室にいたんだけど京が面談で教室行っちまったから暇だし、小腹減ってさぁ。エル、もしかして本当に食べたらダメだったか？」

「ううん、いいよ。また作れるし」

「ふんっ、エルに免じて許してあげるけど、命拾いしたね」

「ありがとよ。そういえばパラも今日面談だっけ」

悪態を受け流し、何気なく尋ねると「ああそうそう、いいよねぇ成績優秀者はどうせ褒められるだけで」と肩をすくめるミッキーはもう楽しそうだった。

六年目になる付き合いながら、スペードからダイヤ、ダイヤからハートと、ころころ変わる感情がどういう動きをするのか予測がつかず、見ていて楽しい。

「でもエルもそんなもんだろ？」

俺は正面でにこにこと笑う彼女に話を振る。

「だよねー、でもエル、去年、超休んでるからなー、内申書に響いたりするのかな？」

不登校のことを躊躇いなく口に出すミッキーを良くないと思う人もいるかもしれないけど、違う。

「んー、日曜日が終わってたの気づいてませんでしたって駄目かな？」

「なにそれっ！　ははっ！」

ミッキーが笑うと、一年前には学校で冗談なんて言わなかっただろうエルの頭の上に『楽』を表す大きなハートが現れた。

友達だと思ってる相手から過度に気を遣われることは、馬鹿（ばか）にされることなんかよりずっときつかったりする。ミッキーはそういうのを肌で分かっている。

エルが笑ってくれてよかったと、安心してミッキーの隣に腰かけ、もう一枚クッキーを食べる。今度は、拳（こぶし）は飛んでこなかった。

「美味い。京とかパラにも食べさせた？」

「え、ううん」

「そっかあいつら運悪（わり）ぃな。ミッキーに全部食べられる」

俺がそう言うと、エルの頭の上に『哀』のクラブが浮かんだ。京やパラにクッキーを渡さなかったことを本当に後悔させてしまったかもと、慌（あわ）てて話題を変える。気を遣ったんじゃない。ただ、エルに少しでも哀（かな）しんでほしくないっていう自分の気持ちに従った。俺にしては、珍しいことだ。いつもだったらおせっかいで相手のクラブが多少大きくなっても、その哀しみの原因を明確にして俺が解決できることならしてやろうと話題を掘り下げる。

「それにしても美味いよ、なんか隠し味とかあんの？」

ただ、珍しいからいいってことでもない。

いつもおせっかいを焼いてきた人間が、自分の気持ちを優先するなんて慣れないことをすると、予想できなかったことが起きてしまう。

「あっ、私も知りたいっ。教えてー！」

「隠し味の前にならうもんあるだろ」

俺がまたパンチを受けていると、エルはにこりと笑った。

「え、へへっ、隠し味なんだから、秘密」

ミッキーの頼みを断ったその笑顔は、いつもの柔らかくて優しいものだった。その顔のままエルは、「ちょっとトイレ」と言って静かに席を立つ。

「強いて言うなら愛情かなぁ。誰に食べてもらいたいか想像して作るよ」

去り際に、可愛らしいことを言うエル。最近の俺なら、恥ずかしくなって目を逸らしたろう。でもそうしなかったのは、釘づけになったからだ。

エルの笑顔にじゃない、その上に浮かんで、膨らんでいく大きな感情に。

なんだ？

逃げるようにトイレに向かう小さな背中を見ていて、思わず息をのんだ。

彼女の頭上のマークは、どんどんどんどんと膨らみ、やがてミッキーのスペードやハートを追い越して、学校内で一番大きな感情となった。

「愛情かぁ」

そんな風に独りごちるミッキーを無視し、俺はエルが食堂を出るまで、彼女の背中と頭上のマークを見ていた。

黙っていると、ミッキーが「どうしたの？」と声をかけてきた。エルのことを言ってみるわけにもいかず、俺は「いや、やっぱ腹減ったからなんか買ってくる。しょっぱいもんほしくなった」と言って席を立った。トイレと売店は同じ方向にある。

ミッキーから離れ、俺はどういうことかと考えながらエルを追った。もしかして隠し味を秘密にしたことを気にしているのか？　でも、そんなことであんな大きなマークはできないだろう。

だったら、見間違いかもと思った。色が同じだ、『喜』のスペードと見間違えたのかもと。

そうだったらいいと思った。だから、俺はそれを知って安心したくて、エルを探した。

でも、間違いじゃなかった。
小さな背中、トイレのある方向へと向かうエルの頭上には、膨れ上がった『哀』の
クラブが黒々と浮かんでいた。
その正体は、まるで分からなかった。でも、見ていると、苦しくなった。

自分の調子がなんだかおかしいなと初めに感じたのは、文化祭とかだいぶ前のこと
だったけど、決定的だったのは二月にあった修学旅行でのことだ。クラスの子から付
き合ってほしいと言われてそれを断った。
なにがおかしいって、初めてだったんだ。誰かから告白されて断るっていうのは。
そんなに仲良くはなかったけど、明るくて楽しい子なのは知っていたし、余計なこ
とを言えば、美人な子からの告白はもちろん嬉しかった。普段なら、特に考えもせず、
首を縦に振っていたと思う。別にモテるなんて言うつもりはないけど、今まではそん
なに知らない相手でも、相手が好きでいてくれるなら、自分の気持ちなんてどうでも
いいとばかりに受け入れてきた。
思えば恋愛事に限らず、俺は能力のせいなのかなんなのか、自分と相手をフラット

に見るようなところがあって、そこにおせっかいや気遣いが一つからめば、自然と自分の意思より相手の意思を尊重してきた。

でも今回、そうしなかった理由は、たった一つしかない。

気になる子がいたからだ。

おかしなもので、この「気になる」の正体がまるで見えない間は気楽でいられたのに、告白を断ったことで、ひょっとするとこの想いには特別な意味があるのかもしれないと、自分の行動に気づかされてからは、一応、なんて軽い気持ちで持っていた鈴も怖くなり手放してしまった。

恥ずかしながら、なにせたったの二度目だ。誰かに、こんな想いを寄せているかもしれないと思うのは。

せめてこれが確信にまで変われればなにかしらのやりようがあるのかもしれないけど、馬鹿みたいにどうなんだろうと考えているうちにすっかり足踏みしてしまっている。

けどそれは悪いことばかりではないとも思う。前に付き合ってた先輩に、「自分の気持ちとちゃんと向き合ったことある？」と言われてふられた身としては、いいことなのかもしれない。

悪いのは、そんな気になる相手の女の子が哀しんでいるというのに、どうしていいのか分からないってことだ。

俺の能力は、万能じゃない。喜怒哀楽を教えてくれても、その理由や、ましてや打ち消す方法は教えてくれない。これまでの人生で多少は学んでいても、感情の動きなんて人それぞれで、一筋縄じゃいかないんだ。

ついさっき用事があると言って先に帰ったエルの頭上の黒は、トイレに立った時から下駄箱の方へと消えるまで形を変えてくれることはなかった。

進路指導室で一人、赤本をめくる。

あの黒が頭から離れない。

「よぉ、王子様、もう宮里ちゃん口説いた？　ん、なに？　その目は？」

「……や、相変わらずお前はパラだなって思った」

「いぇーい」

振り返ると、パラは別に嬉しくもなさそうにガッツポーズをして、紙パックに刺さったストローを吸っていた。その頭上には『楽』のハートと『哀』のクラブがいつもみたいに同時に浮かんでいる。変な奴だ、二つのマークが常に浮かんでる奴なんて他にいない。

「美味そうにジュース飲んでるけどいいのか？　今日面談だろ？」

「美味そうって、飲みたいの？　間接チューする？」

「甘いもんはいい、さっき食った」

断ると、パラは俺に差し出していた野菜ジュースのパックを引っ込めて「宮里ちゃんじゃないと嫌か」と余計なことを言った。

パラも放課後の進路指導室になんて人が来ないことを分かってて言っているのだからいいけど、否定しても肯定しても責め立てられそうなので、なにも言わないでおく。

見張りの先生も外出中の室内に、パラのわざとらしい喉（のど）の音だけが鳴る。

「面談は終わったよ。図書室の前まで行ったんだけど、京と三木ちゃんが二人っきりだったから面白くて逃げてきた。王子様一緒じゃなかったの？」

「京とミッキーと三人で勉強してたんだけどな、京に気を遣って赤本探してくるって逃げてきた。パラも赤本か？」

「面談で一応滑り止め決めとけって言われたからっていうのは完全な嘘（うそ）なんだけど王子様なら信じてくれそうだしそれでいいや」

どうせ俺が図書室から出てくるのを見てついてきたんだろうと思っていたけど、どうやら本当にそうみたいだ。おせっかいだなと、自分のことは棚に上げてそう思う。

「んで、宮里ちゃんのことどう思ってるわけ？」

「分かんね」

内容がまるで頭に入らない赤本をぺらぺらめくりながら本音でそう答えたけど、パラは納得がいっていないように「ふーん」と息をついた。

「分かんないとか言ってるうちに、あのいたいけな笑顔が奪われちゃったら王子様どうするの？」

「どうするったって」

言い淀むとパラはため息をついた。

「ま、受験が終わるまではそれどころじゃない、か。皆、私と違って結構背伸びしてるしね。京も、進展とか言ってる場合じゃないと思うけど、でも、この間のあれみたいなイレギュラーもあるし」

「ああ、あれな」

確かにあれは厄介なイレギュラーだったと思う。

別に隠し立てすることでもない。三週間くらい前か、実は、ミッキーが他のクラスの奴に告白されるなんてことがあった。そのことを悪いパラに吹き込まれた時の京の落ち込みようと言ったらなくて、俺としては受験に影響が出んじゃねえかとか、最悪の場合どうやって慰めようかとか色々考えてたんだけど、結局ミッキーはその告白を断り、京は今のところ元気に勉強に勤(いそ)しんでいる。

「っていうか、あれ別にお前が京に吹き込まなかったらなにも起こらなかったってことで良かったと思うんだけど」

「言わなくて、もしも三木ちゃんから彼氏ができましたなんて幸せそうに報告されてたら、京はどう思う？」

使い終わったストローで脇腹(わきばら)をつつかれる。

「知るべきだし、行動は起こさないといけない。なにもできずに後悔なんて一番駄目だ」

「それ、京のこと言ってんのか？」

「さあね」

パラは首をかしげると、回れ右をしてそのまま歩を進めた。図書室に行くのだろうと思い、無言でいると、「もしかしてさあ」と背中に声がかかった。

「王子様、今回は三木ちゃんがたまたま告白断ったんだとか、思ってる？」

振り向くと、パラはこっちを見て、らしくない表情をしていた。優しく笑っていた。

「恋で盲目にでもなってんの？　なんにも分かってないんだね」

それを捨て台詞(ぜりふ)に、パラは進路指導室から出て行ってしまった。入れ替わりに、進路指導部長の先生が入ってくる。

なんにも分かってない。その言葉が、ずっと腹の中に黒く残り続けた。


次の日の面談は俺の番だった。放課後、京と一緒に昼食を済ませ、図書室で勉強していると、パラが加わり、それからエルが加わった。ミッキーはなんでも用事があるとか。

エルの『哀』のクラブは、少し小さくなった気がするけれどまだ浮いていた。なにをそんなに引きずっているのだろう。日をまたぐ程だから、やっぱり隠し味を秘密にした罪悪感程度のことじゃない。

しばらく勉強していると、俺の前の順番の子が呼びに来てくれた。「筆箱とか見といて」と頼むとパラが「お腹(なか)減ったら食べちゃうかも」と言っていたので安心して任せることにした。

教室前では既に母さんが待っていた。一緒に教室に入り、親と先生の挨拶(あいさつ)を眺めながら、椅子(いす)に座る。

苦手科目の補強とか、目標が高いだけにしっかりと保険もかけておかないといけないとか、そういう大体想定していたことを言われている間、先生には申し訳ないけど、俺はエルについて考えていた。

　どうしてあの子のことを特別に気になってるんだろうとか、もしそれが例えば好きってものだったとしてどうしたいんだろうとか。

　じっくりと考えてみて、本当に、なにも分かっていないんだと思った。

「外国に行きたいっていうしっかりとした夢があるんなら、それに見合った努力をしないとな」

「……こう見えて、やるときゃやるんで、楽しみにしててください」

　笑顔の先生に笑顔で応え、なんとなくいい感じの雰囲気で面談は終わった。母さんの頭上に『哀』のクラブを浮かべることなくすんだのがよかった。

　母さんを正面玄関まで送って、勉強して帰ることを伝え、俺はまた図書室に戻ることにした。

　人が行きから廊下を歩きながらいくつかの考え事をしていたから、向こうから近づいてきているのが、エルと京だということに至近距離になるまで気づけなかった。

「ヅカ、お疲れ。どうだった？」

京の声で、我に返った。

「おう、お疲れっ、勉強しろって言われた記憶しかない」

「よかった、僕もそっち側だから」

俺達がへらへらしていると、この場で一人だけ成績の良いエルも笑ってくれた。

『哀』のクラブは、相変わらずそのままだ。

「二人してどこ行くんだ？　パラは？　エル」

「え、うん、今から私達、飲み物買いに売店行くんだけど、パラはヅカくんの筆箱見てなきゃいけないからってじーっと見てたよ」

「なにやってんだあいつ」

「あ、そ、そうだ、ヅカくんも一緒に売店行こうよ、ね」

なんでもない、友達としての誘い。でも、普段エルはそういうようなことを俺に言う子じゃないものだから、ドキッとした。もちろん、首を縦に振ると、彼女の頭の上にクラブとは別に小さな『喜』のスペードが浮かぶ。

廊下を歩いて食堂に向かう途中、「ヅカくんは」と会話を始めたのはエルで、これもまた珍しいことだった。

「すごいね、もう、やりたい仕事も決めてるんだもんね」

「でも、エルもそうだろ？」

「んー、どうだろ、私は、悩んじゃって。ずっと考えてるんだけど、考えれば考えるほどって感じかな。だから、ヅカくん凄いなって、思う」

エルから凄いって言われるのは、素直に嬉しかった。

けど、彼女の言葉をそのまま受け止めることは、出来なかった。

「悩んでる方がいいと思うよ」

思わず口をついて出たから、自分でもどういう意味で受け取ってほしくて言ったのか分からず、受け取ったエルも京も上手く捉えきれていない表情をした。

多分、こういうことが言いたかったんだと思う。

俺が外国に行きたいって思ったのは、じっとしてるより動いてる方が自分に合ってるとなんとなく思ったからで、英語っていうのは学べば役に立ちそうな道具だから、家族に楽もさせてあげられるかもしれない、なんとなく、それでいいやと進路を決めた。それは、言ってみたら、自分のことを真剣に考えて出した結論じゃない気がした。ただ、えいやっと決めてしまった。興味があるのは本当だけど、選び抜いたわけじゃない。将来に対して誠実じゃない気がした。

だから、それに比べたら、じっと悩んで試行錯誤しているエルの方がいいんじゃないかなと思ったんだ。

結局それは伝えられないまま、俺達は売店に着いてそれぞれの買い物をした。

　今日は珍しく京から折り入って話があるという雰囲気で声をかけられた。と言っても、いつもみたいに食堂に行って飯を食いながら話すだけだ。

　実は俺も訊こうと思っていたから都合がよかった。今日もまだ哀しみを掲げていたエルのこと。エルは京とミッキーに特に心を開いているような様子だから、なにか俺が聞いていないことを知っているかもしれないと思った。

　けれど、食堂の奥まった場所の席で京から出た話は意外なものだった。

「宮里さん、なにかあったのかな？」

　エルは哀しみを浮かべながらも、表面上はいつもと変わらず笑顔で過ごしているように見えた。だから、京がその変化に気がついているのは意外だった。俺が彼女の変化を知っているのは、能力があるからだ。俺は改めて友達を見直した、のだけど、どうやらなにか細かい変化を見抜いたわけではないようだった。

「エルが？　どうかしたのか？」

「うん、なんだか、昨日から急に余所余所しいっていうか、なんか怒ってるのかなって」

カップルの悩みかよっというツッコミは色々とややこしいのでやめておくことにした。

「へぇ、そっか、確かにちょっと静かだったかな」

「避けられてる感じがする」

「でも昨日一緒に売店行ったじゃん」

「あれ、ヅカが来るまで凄い空気だったんだよ。なんかしたかなぁ、僕」

本気で心配している様子の京を見て、申し訳ないけど、相変わらず良い奴だなと、関係のないことに感心した。俺みたいな奴は、友達がちょっと怒ってるっぽかったり、落ち込んでいる様子だったとしても、心配してこちらまで落ち込んだりはあんまりしない。まあ、今回は例外だ。普段はただ改善策を考え、それを打つ。それはある意味で鈍感なんだと思う。京みたいに繊細で、相手のことと自分のことをリンクさせて考える奴は、俺みたいには動けない。俺達の違いを以前、京は「ヅカは女の子にガツガツしてる」なんて言ってたけど、どっちかと言えば逆じゃないかと思う。

「なんか気づかないで悪口言って怒らせたんじゃねえの？　太ったとか」

「ヅカじゃないんだから言わないよ。それに宮里さん細いし」

「やっぱ女の子はちょっと健康的なくらいがいいな三木さんみたいに、とか言ったのか、そりゃ怒られる」

「宮里さんがデリカシーのないヅカじゃなくて僕を避けてるのなんでなんだろう……」

　くくっとわざと声に出して笑うと京は溜息をついてうなだれた。ちょっと前はミッキーが告白されたせいで京の気持ちをいじれなかったけど、最近は悪態がつけるくらいに元気になってくれてよかった。場も和んで会話も進みやすくなる。

「ホントに避けられてるんだったら、なんでだろうな。エルはそんな奴じゃないだろ。パラとかならまたなんか企んでるんだろうなって思うけど」

「そうなんだよね。んー、ヅカ、三木さんがなにか知らないか訊いといてよ」

「自分で訊けよ。あ、そういや」

　話の流れで京に訊こうとした。二日前パラが言っていたことについて。あいつの口ぶりじゃあ、ミッキーが告白を断ったのは偶然じゃないっていうことらしい。ということはきっと、パラや京がなにかアクションを起こしたってことだと思った。別にもう決着がついたのだから知らなくてもいい話なんだけど、なにも分かっていない俺のなにかしらの参考になるかもしれないと思って、知りたかった。意外とエルのこととつながっていたりもするかもしれない。

言葉を切ったのは、食堂の入り口を向いて座っている俺の目に、ミッキーとエルが入ってきたのが見えたからだ。特になにもアクションを起こさないでいると、ミッキーがこちらを見つけ大きく手を振ってきた。手を振り返すと、京が首だけで振り返り、途端に頭上のマークを変えた。

ミッキーの後ろにいたエルの顔を見て、なにか感じたのかもしれない。俺にはより明確に女子二人の感情の動きが見えた。でもそんなこともちろんおくびにも出せない。俺の隣に座ったミッキー。おずおずと京の隣に座ったエルにそれなりの質問をぶつける。

「二人とも今日面談だよな？」

「そだよっ、私もエルも褒められる気満々だから！」

「そりゃあ、ミッキーは残念だったな」

パンチが飛んでくることを予想していたが、今日のミッキーは機嫌が良く『喜』のスペードが常に浮いていて「ぶっとばすぞこの野郎」程度の文句で済んだ。

「そんなことより、明後日（あさって）まで雨降らないって！　お花見大丈夫そうでよかったぁ。各自、自分の担当のものを持ってくるの忘れないようにっ！」

ミッキーの笑顔満開の言葉で、そっかもう明後日か、と俺は口にすればミッキーに本当にぶっとばされそうなことを思い出した。最近、色々と考えることが多くぼんやりとしている。

実は今週末、俺達は少し遅めのお花見に行くことにしていた。メンバーは昨年末からなんか固まったいつもの五人。受験生だからって桜が綺麗だという気持ちを捨てられないと言い出したのがミッキー。それを聞いたパラが日程を決めてお花見会の予定を固めた。パラは花見に行きたいわけじゃない。「ダブルデートかよー寂しいよー」とくねくねしながらにやにやしていた。もちろん、ミッキーからの誘いを京やエルが断るわけがないし、俺だってそういうイベントは好きだ。

ただ考えてみると、このタイミングでというのはどうだろう。

エルはいつもと同じように笑顔でいるけど、少し体を京がいる方とは反対に傾けている。京も気づいているんだろう、二人並んで『哀』のクラブを浮かべていた。

ミッキーはそんなことお構いなしとばかりに笑顔を振りまく。

「いやぁ、楽しみだね！　楽しみだ！」

細かいことを気にしないってのはミッキーのいいところだ。けど、機嫌のいい彼女の言葉が食堂に響く度、エルの哀しみは少しずつ膨らんでいるようにすら見える。

これは、ミッキーとも情報の共有をしておくべきだろうか。でもエルから事情を訊きだしてもらうにしても、こいつそれとなくが本当に下手だからな。

俺の苦笑を違う意味に捉えたのだろうミッキーが「花見ごときで喜び過ぎだって思ってんの？　やだね、こいつ心が汚れてるよ」とエルに話を振っていて、また一人苦笑させる。

ミッキーはエルの表情なんて目に入らないように「楽しみだっ！」ともう四回言った。

こりゃあミッキーに便宜を図ってもらうとかは無理そうだと諦めた。割と初めて、俺みたいな能力がミッキーにもあればいいのにとその時思った。

楽しいものや好きなものにロックオンした時のミッキーの突っ走りは誰にも止められない。俺達三人はもう眺めているしかなかった。

一応、苦笑する京に「お前の好きな奴はこういう奴だぞ」とアイコンタクトは贈っておいた。

「さあなんにも知らないけど」

「ホントか？」

「王子様に信用されてないなんて私、泣いちゃう」

　鼻をすりあげたパラは「あれ花粉症かな」なんて言って棚から大学の資料を手に取った。俺も、進路指導室を密会の場所のように使っている罪悪感から適当な大学の赤本を広げる。もちろん、見張りの先生はいない。

「ホントに知らないよ。忘れたの？　全部一人で抱え込んで学校に来なくなっちゃうような子だよ」

「言い方きついなぁ、お前」

「別に貶してるんじゃないよ。でも、まだあの時なんで休んでたのか知らないしね。いつか本人から教えてくれればいいと思うけど。ただそんな宮里ちゃんがそんなあからさまな態度取るなんて、よっぽどのことなんでしょ。京に心当たりは？」

「ないってさ」

　明日はせっかくミッキーと花見だっていうのに、かなり落ち込んでいた。

「本当はなんでもないようなことなのに、お互いになにか勘違いしてるのかも。ボタンの掛け違いって奴かな。王子様が宮里ちゃんを脱がせた後にちゃんと丁寧に着せてあげなかったんじゃない？」

「んなことすると思われてるなら俺も泣くぞ」

「いや、しそうだよ、しそう。相手が本気で迫ってきたらほだされちゃうでしょ？　王子様、優しくて馬鹿だから」

文句を言うほどの反論を持っていなかったので、ノーコメントだ。

「それにしても珍しいね、王子様が私に相談するなんて。いつもは全部一人でそつなく出来ますみたいな顔してるくせに」

「してねーし、出来ねーけどな」

嘘をつく意味もなかったから、本心を、言うことにした。

「いつもなら、俺に出来ることだけやって、分からないことには手を出さない方が相手の為だって思うんだ。でも今回は、なにかあるんなら、解決したいって、相手の都合でじゃなく、俺が勝手に思ってる」

「…………」

「でも、何も分かんねえから、力を借りれるならと思って」

「パラにもすがる気持ちか。なるほどね、やあっと王子様じゃなくなったわけだ」

「んだそれ、最初から王子様じゃねえよ」

冗談を言ったから笑ってやったのに、パラは笑わなかった。資料を読んでいるのかいないのか、ページをめくりながら、こんなことを言った。

「相手のことを第一に考えて助けてやろうっていう上から目線で王子様な君を、私は最近割と嫌いじゃなかったんだけど。宮里ちゃんには、そうじゃない、一生懸命な君の方がいいかもしれないね、ヅカ」

パラに、初めてそのあだ名で呼ばれてきょとんとしていると、パラはそこでようやく笑って「図書室戻ろうか」と言った。

俺はその言葉に従い赤本を棚に戻しながら、パラの言う意味を考えた。

何故かこの日から後、パラは俺を王子様とは呼ばなくなった。

お花見当日。一人一品というルールに従って適当に作った五人分の焼きそばと、ブルーシートをかごに積み、長年使っている自転車にまたがった。

今回のお花見の場所は町の西側にある大きな公園だ。参加者のほとんどが西側に住んでいるからこの場所での開催が決定した。これが東側に住んでいるのはエル、とでもなればまた事情は違ったかもしれないけど、一人だけ東側に住んでいるミッキーは「チャリかっ飛ばして行くから！」とむしろ嬉しそうだった。俺と同じ運動馬鹿なんだ。

　自転車を走らせていると、行きかう人々の頭上には色々なマークが浮かんでいた。今日は天気もいいし、気持ちがいい。土曜日ということもあってか普段より『哀』のクラブを浮かべた人が少ない気がする。

　それなのに、こんな花見日和（びより）の陽気の中、前方の交差点で信号待ちをしていた京は、相変わらず晴れない感情を浮かべていた。

「よっ」

「あ、ヅカ」

　適当な挨拶はいつものことだ。京の哀しみが少ししぼむ。エルと二人きりで出くわしてしまうのを、心配してたんだろう。前に言っていた凄い空気を嫌がっているのもあるだろうけど、きっとそれ以上に、自分なんかと会って宮里さんが嫌な気分になったらどうしようかと、そういう風に思ってるようだった。

　信号が青になって、一緒のタイミングで発進する。

　しばらく走っていると、気がまぎれるのか、京の哀しみはわずかにだけれどしぼんでいった。

「そういえばヅカ、なに作ってきたの？」

「んー？　焼きそば。麵と粉のソース入ってるやつスーパーで売ってんじゃん？　あれに適当に野菜入れた。京は？」

「焼きそば」

「…………ふーん」

「お互い聞かなかったことにしよう」

「おう」

　まあパラとエルがいるから、ンな茶色いラインナップにはなんねえだろうと思って、そういえばそもそもエルの哀しみが更にふくらんでいて今日来ないかもしれないという可能性を考えていなかったどうしよ、と俺が不安になったところで、前方の影に気がついた。

　あえて隣は見ないようにしながら、ちょろちょろと自転車で走っていたエルに追いつく。

「ようっ、エル」

　後ろから声をかけると、エルは一瞬体を震わせてからこちらにちらりと振り返り自転車のスピードを緩めて、停めた。俺達もそれに合わせ、自転車をおりる。

「おはよぅ、ヅカくんと、京くん」

「お、おはよう、宮里さんっ」

いつもミッキーと話す時とは違う理由で緊張していた京の挨拶。それを受けて、エルの笑顔は変わらないのに、感情のマークが動いた。一人だった時から抱えていた『哀』のクラブ、それが京との挨拶で、大きくなってしまった。それも、さっきよりずっと大きく。

京は、彼女の感情の変化になんて気づかないだろうからそれが救いだけれど、俺が一つ期待していた時間での解決とはいかなかったみたいだと分かった。

なにもしていないと言う京との間にあったなにか、それがやっぱりエルの哀しみの原因なのだろう。その理由を、きちんと知りたい。

とはいえ、まず俺達は三人一緒に公園のすぐ近くに住んでいるパラを迎えに行くことにした。昨日、早く着いたら迎えにこいと命令のようなお願いを受けたからだ。俺を先頭にして自転車を走らせる。後ろの二人はずっと黙ったままで、なるほどこれが凄い空気ってやつかと実感した。ちょっと前まで、エルと京は本当に仲が良くて、ミッキーなんかは二人が恋愛としていい感じなんじゃないかと勘違いをしてたほどなのに。

ん？　もしかして、それが正解だったんじゃ、ねえだろうな？

誰にとってもあまり良くない想像をはねのけたところで、パラの家に着き、チャイムを押すと、すぐにジーパンとパーカー姿のパラがクーラーボックスを持って出てきた。

「おはよー、あ、自転車うちの庭停めてていいよ」

言われた通りに自転車を停め、早速待ち合わせの場所に向かうことにした。

公園には想像していたよりもたくさんの人がいた。四月も中旬、もうだいぶ減っているだろうと思ったのに、皆、桜が大好きみたいだ。

俺達は待ち合わせ場所として最初に決めておいた噴水のあたりに向かう。

歩いていると噴水がまだかなり遠くにあるという地点で、「おーい」という大きな声がした。見る前に気づいてたけど、ミッキーが噴水のふちのところに座って大きく手を振っていた。

「おはよー!」

「ミッキー早いな」

「張り切っちゃって! 間に合ったよ!」

テンションが上がり過ぎているのか日本語がおかしい。それでもミッキーがエルに笑いかけると、エルも笑って、哀しみのクラブも少ししぼんだものだからツッコむ気にはなれなかった。

人が多いとはいえ公園自体が相当広く、桜の木の下とは言わないまでも俺達はいい場所にシートを敷くスペースを見つけた。男二人でシートを広げ、女子達が取り皿などを用意する。

いよいよ高まってきたお花見の雰囲気にも、エルや京のテンションはさほどあがっていなかった。パラの視線を見てみると彼女も二人のことを気にしているようだ。

こうして俺達はそれぞれに探り合いのお花見を始めることとなった。いや、たった一人のテンション馬鹿を除いて、だけど。

「茶色いなっ！」

いつもより更に声の大きなミッキーが、隣に座った京の背中を楽しそうに叩いて近くの鳩が飛び立った。もちろん、俺とパラの余計な気遣いでそこに京を座らせた。いつもなら京も緊張しながら喜ぶはずなんだけど、今のところはエルへの気持ちが勝ってしまっているようで、皆にとってはどことなくだろうが、俺からすれば明らかに元気がない。エルもだ。

しかし二人の心の調子を置いておけば、ブルーシートの上に広げられた光景はちょっと面白かった。俺と京の持ってきた合計十人前の焼きそば。ミッキーの持ってきたからあげ。エルの持ってきたものは予想していた通り少し凝っていてハンバーグをデミグラスソースで煮込んだものだったけど、やっぱり茶色い。パラがクーラーボックスに入れて持ってきていたアイスのビエネッタは溶ける前に急いで食べた。

「うちの冷凍庫に焼きおにぎりあったけどチンして持ってこようか？」

パラの発言に俺とミッキーで二人して「茶色いだろっ」という声がそろった。

「いいよっ、茶色いけど美味そうじゃん。メニューまで京とかぶってる俺が言うことじゃねえけど、ほら、エルのとか流石だな、手作り？」

俺が隣に座るエルに訊くと、彼女が答えるより早く、もう一つ向こうに座るパラがニヤついているのが見えた。

「う、うん、一応そうだよ。でも簡単だし。ほら、ミッキーのからあげも美味しそう」

エルが小さな手で茶色いからあげを指さす。

「ミッキーのお母さんの作るからあげなんて、中学ん時以来かな」

「一瞬でも私が作ったとか思わないわけ？」

「思わねえっ」

ミッキーの頭上に小さな『怒』のダイヤが浮かぶ。そして何故だかエルの頭上にも浮かび、それはすぐに『哀』のクラブにとって代わった。その心の動きは、前に食堂でクッキーを食べて俺がミッキーに悪態をついた時と似ていた。

どういうことか、考えよう。

俺がミッキーを貶すと怒るってことは、エルはミッキーが傷つくことを恐れているんだろうか。でもパラがミッキーを貶してもエルは怒りを浮かべはしない。なら、俺とミッキーの間になにかあって、例えばミッキーが俺のことを好きなんだとエルは勘違いしてて、だから怒る。それだったら、京の想いを知っているから、ミッキーとの想いのすれ違いに哀しい思いをしている、と、一応それっぽい。

もしそうなら、誤解を解けばいい。ミッキーに事情を説明して……って、待て。そんなことしたら京のことを感づかせることになるかもしれない。だったら、俺かミッキーに他に好きな相手がいることにすればいいのか？　いや、それはどう考えても良くないだろ。

「流石、うっまいなぁ宮里ちゃんの料理」

「へへっ、ありがとうパラ」

お礼を言いながらも哀しみの消えないエル。

「ははっ！　ほんとっ！　おっいしい！」

「あ、ありがとうっ」

いつにも増して大きな喜びを頭上に浮かべたミッキー。エルの感情とはあまりにちぐはぐだけど、それは全然悪いことじゃない。いつもならその大きな喜びが周りの人間の哀しみを飲み込んでしまうこともある。

でも今回ばかりはそうもいかないみたいだった。

「ほ、本当に、美味しいよ、宮里さん」

「う、うん」

果敢に攻めていって撃沈された京がうなだれる。目を伏せたエルのあんまりな態度をパラあたりがいじるかと思ったらそういうこともなく、代わりに彼女と目が合った。

パラはわずかにくくっと首をかしげると、割りばしで京が作ってきた焼きそばをわっしと大量につかみ、皿に取り分けるでもなく口に押し込んだ。

「ほうはふふっへ」

「食べながら喋（しゃべ）んな！」

「……ごっくんっ！　京が作ってきた焼きそばも美味いよ。宮里ちゃんもほら、食べなよ」

五人分の焼きそばが入った大きなタッパーがエルの前に差し出される。きっと、パラは話題を京のことに持っていって、エルの気持ちを探ろうとでも思っていたのだろう。俺もそう思ったから、パラの行動はありがたかった。

けれど、パラと俺の思惑は、空振りに終わった。

京の焼きそばにだけ手をつけていなかったエルが、首をあわただしく横に振った。

「い、いらないっ！　えっと、私、お腹そんなに空（す）いてないし！」

「……えー、じゃあ代わりに私がカロリーを摂取してやろうじゃないか」

またさっきと同じくらいの量を箸（はし）でわっしとつまんで口に運ぶパラは一度こちらをいぶかしげな目で見て、それからいつもの眠そうな目で焼きそばを咀嚼（そしゃく）した。

二人が会話している間、ずっと京の様子を見ていた俺は、実を言うと、すぐにでも立ち上がりたい欲求にかられていた。でも、そうするわけにはいかなかった。すぐにアクションを起こせば、エルに、自分のせいで空気を悪くしたと思わせてしまう。だから、立ち上がりたいのをこらえ、京がまいってしまわないように願うしかなかった。

いくつかの会話を挟み、何個かのからあげやハンバーグを挟んだ後、ようやく俺は「トイレってどこだっけ、京知ってる？」と切り出した。俺がアイコンタクトを出したのに気付いた京は「じゃ、じゃあ僕も行くから」と言って靴を履く。

俺もスニーカーを履き、立ち上がって、「こっち」と言う京についていった。

ブルーシートから数十歩。時間はかかったが、ひとまず、京を避難させられたことに安心する。

あのままじゃ、京が巨大な『哀』のクラブに押しつぶされてしまうんじゃないかと心配だったからだ。マークは物理的に触れるものじゃない。そんなことは起きないと分かってはいても、錯覚を起こすほど、その感情は大きかった。

「なんか、したのかなぁ？」

会話が女子達に聞こえないほどの距離を取ってから、以前と同じ疑問を京は繰り返した。頭上のマークなんて見なくても、京の感情は歴然としていた。マークだけなら俺にしか見えない。京がこの表情をミッキーに見られる前に離れられてよかったと思う。

「虫の居所が悪い、とかじゃなさそうだったな」

トイレは適当な嘘だったけど、一応二人して公衆トイレへと向かう。

「いつからだっけ？」

ここでなんの根拠もない慰めを言ってもしようがない。

「僕が三者面談を受けた、次の日から」

「じゃあ、三者面談の日になんかあったんだな。もしかしたら、エルの中だけでかもしれねえけど」

二人揃（そろ）って用をすませる。その間、京はその日のことをどうにか思い出そうとしているようだった。

「やっぱり、なにも、なかったと思う。普通に喋ったし、内容も、そんな大事なことじゃなくて、日本史の美術品の問題がややこしいとか、そんな話しかしてない。分からないところがあるって、宮里さんから話しかけてきたし……朝、通学路で会ってクッキーもらったんだけど、それも美味しいって正直に言ったよ」

「クッキー？」

あの、クッキーだろうか？

「うん、勉強の息抜きに作ったからってくれたんだ」

「どんなのだった？」

「丸いシンプルなやつだよ。ヅカも貰（もら）ったの？」

「うん、多分食ったな、それ。俺も同じ感想言った」

「じゃあ、ますます僕が怒らせちゃった理由が分かんないよ」

そうだ、理由が分からない。

だから本当なら、京は少しエルに腹を立ててもいいくらいかもしれない。こっちはなにもしてないのに、あっちから一方的に予告なく拒絶されているのだから。

それでも、京の頭の上に怒りのダイヤが浮かぶことは一切なく、それどころか相手を怒らせてしまったことを本気で心配しているなんて、改めて俺は自分とは違うこの友達を尊敬する。

「そうだなぁ、俺が直接訊いてみようか？」

かくなるうえはそれしかないように思ったけど、京は浮かない顔をした。

「でもそれだと僕が気にしてるって言っちゃってるみたいで、もし僕に責任があったら、余計怒らせちゃうんじゃないかな」

気にしすぎだ、と思ったけど、でも、

「お前らしいよ」

だったらどうすればいいだろう。俺の目的のためにも二人の仲を回復させたい。唯(ゆい)一(いっ)と言ってもいい手がかりは、クッキー。

うーん。あれ、そういえばエルはあの時、パラや京にはクッキーをまだ食べさせてないって言ってたけど、嘘だったってことだ。どういう意味のある、嘘なんだろう。

京が食べてちゃ、なにがまずいんだろう。うーん。

「じゃあ、なんとなく俺がミッキーにこの前のクッキーの話振ってみるよ。なんか分かるかもしれないし。それくらいならいいだろ？」

「んー、まあ、それくらいなら」

よし、ひとまずの作戦とも言えない作戦は決まった。あとは皆の心の動きを観察して、考えよう。ぶっつけ本番だ。

俺達がシートのところに戻ると、ミッキーが『喜』のスペードを浮かべた。いつも通りだ。パラも『楽』のハートと『哀』のクラブの感情を同時に浮かべていて、いつも通り。エルだけ大きな哀しみを一つ浮かべていて、いつもとは違っていた。

座って、いきなり本題に入ると打ち合わせをしたようなのがバレバレになるので、まずはなにか適当なことを言ってワンクッションを置こう、そう思った。

来年の今頃は大学生か、そういうなんでもないことを言おうとした。

なのに俺の発言を、ミッキーの「こほん」という下手（へた）くそな咳払（せきばら）いが止めた。

ミッキーはもう一度「こほん」と漫画みたいな咳払いの真似（まね）をすると、ずっと浮かべている『喜』のスペードを更に膨らませて全員を見渡した。

「さて、二人も戻ってきたところで、ちょっと、見てほしいものがございまして」

なんだいきなり、と思ったけど、感情を見たところどうやら前向きな話をしそうだったのでここはミッキーに任せることにした。ワンクッションは別になんだっていい。ミッキーは何故かもじもじとしてから、後ろに置いていた自分の鞄を膝の上に載せた。

「こほん、えーと、実は私」

ミッキーはもう一度、全員の顔を見比べて、友人達の感情の機微なんて知らないという嬉しそうな顔で、もったいぶる。

「なんだよっ」

忍耐力のない俺が待ち切れずに言うと、ミッキーは「はーいっ」と手を挙げた。

「実は、私、クッキーを作ってきました！　はい、拍手ー。ぱちぱちー」

ミッキーのあおりに合わせて控えめな拍手をしたのはエルだけだった。俺達三人は、ミッキーの発言に固まる。

「ちょっとー、なにその反応」

せっかくのサプライズが盛り上がらず不服そうなミッキーに、まずパラが俺の気持ちを代弁してくれた。

「正気？」

「は？」

にらみつけてくるミッキーを真似てガンを飛ばすパラ。おかしな光景に笑うことなく、今度は俺が京とパラの想いを代弁する。

「どうしたんだいきなり」

これには二つの意味があった。一つは言ったように京の代弁、このタイミングでどうしてまたクッキーを持ち出してきたのか、あまりのタイミングの良さに、俺達の話を聞いてたのかと思った。もう一つはパラと俺自身の気持ち、家庭的なことが全くできない癖にどうしてまたお菓子なんて作ろうと思ったのか。

「んー、気分転換になんかやってみようと思って」

それにしたってなんでまた、と思う。

中学からの付き合いの俺や、ずっとくっついているパラは知っている。ミッキーの家事のできない度合は、パラが運動音痴で自転車に乗れないことなんかよりもずっとひどい。

だって、ほんの少し上履きに空いた穴を直そうとしてずたずたにしてしまい、「まあ新手(あらて)のオシャレと思えば」なんて言う奴だ。もちろん、料理なんて一ミリもできない。

俺達の表情があまりに複雑だったのかもしれない。ミッキーはなにをどう思ったのか、いきなり「ははっ」と笑って種明かしを始めた。

「ま、私が料理するのが珍しいってのは確かだけどねー。実はさ」

そこでエルがちっちゃく「あ」と言ったのに、ミッキーは気がつかなかった。もしくは気づいたのかもしれないけど、違う意味に捉えた。

「エルが試しにやってみないかって勧めてくれたの。ほら、ヅカが前に食堂で意地汚く盗み食いした奴、あれエルがお手本として作ってきてくれたんだよねー。それをこいつが勝手に食べやがって、あ、思い出したらまたムカついてきた」

本当に頭の上に怒りのダイヤを浮かべ、かと思えばミッキーはすぐに笑顔になって「でね」と続けた。おかしな精神構造はいつものことだから心配しない。

「そのクッキーのレシピをね、貰って作ってみましたー」

「あー、なるほど。エルのレシピだったら、安全だな」

「安全ってなんだっ！」

場を和ませるための言葉だった。でも、俺だけが知るエルの哀しみの感情は、さっきの「あ」からの膨張を止めようとはしなかった。俺は頭を悩ませる。レシピを教えたことは、そんな哀しむようなことじゃないはずだ。

エルとは全く逆の感情を浮かべるミッキーは満面の笑みでプレゼンを続ける。

「まあこの一週間何回か練習したからねー、美味しくなってるはずだよ」

「ああ、間に合ったってそれだったのか」

「そそ、まあ食べてみてよ」

「前にエルの作ったのつまみ食いしてるからなー、俺のハードル超高くなってるぞ。ミッキーので越えられるかな」

いつもの、普通の、ミッキーとの会話のキャッチボール。

中学の頃から変わらない、気安さからのからかい。別に相手のことを嫌いだとか、傷つけようとかそんなことは一切思っちゃいない。

なのに、俺の言葉で、エルの頭上に怒りのダイヤが生まれた。もしかしてマジと取られたのか？　なんて、俺が考える間もなかった。

「そりゃ、エルと比べたら美味しくないとは思うけどさっ」

そのミッキーが発した言葉で、エルの怒りは唐突に膨れ上がって、すぐに哀しみを大きく上回った。

彼女は、逃げ出そうとしたんだろう。自分を押しつぶそうとする感情から。それが分かったから、エルの回避行動は、皆には突然に見えたかもしれないけれど、俺には適切なものに見えた。それは、エルにもこのマークが物理的に見えているのかと思わせられるほどに。

膨れ上がった感情は一度外部に漏れ、エルは一度強いまなざしで俺を見た。

そしてすぐに立ち上がると、「手を洗ってくる」と言って靴を足にひっかけて、速足で行ってしまった。

「ん？　急にどうしたんだろ」

ミッキーの声を背中に受けながら、俺は出来るだけなんでもないことのようにゆっくりと立ち上がった。視線でパラに後を任せ、靴を足にひっかける。

「ヅカも？　ウェットティッシュあるよ」

「俺も先に手洗ってくるよ」

「三木ちゃん、待ってる間、三人でババ抜きでもやる？　大丈夫、トランプはみんなの心の中にあるから」

パラの絶妙に馬鹿な発言にミッキーが笑っている隙(すき)をついて、俺はエルを追いかけた。

どうしたんだろうと考える前に、追いかけたかったから、追いかけた。

彼女の後ろ姿には、すぐに追いつくことができた。

小さな背中は、小さな歩幅を回転させて公園の出口の方へと向かっていた。

「エルっ」

近づいて背中に声をかけると、彼女は体を震わせた。頭の上にはもう怒りはなくなっていて、その体にあまりにも不釣り合いに見える大きな大きな哀しみだけが、太陽を遮って見えた。

エルは俺の声を聞いて、振り返らず木々の間に逃げようとした。迷わず彼女の背中を追う。

「どうしたんだ？」

不躾（ぶしつけ）だと分かってたけど、そんな質問しかできなかった。エルは答えず、どんどんと人のいない草むらを突き進んでいった。

このまま行かせちゃダメな気がした。いざとなったら力ずくで止めようと思った。けど、俺のその馬鹿な決心が実行されることはなかった。

俺を気遣ってくれたのかは分からない。エルは、歩く速度をだんだんと緩めてくれた。

そしてやがて力尽きるように立ち止まった。

彼女より余計に数歩進みながら、俺も立ち止まる。

なにか、話してくれる気になったのだろうか。

期待と不安を胸に、小さな背中を見ながら待っていると、小さくか細い声で聞こえてきたのは、「ほっといて」だった。

その言葉は、弱く短かったけど、尖(とが)っていて、突き刺さった。

なにも言えずに立ち尽くすと、もう一度、小さな声で、今度は、「ごめん」と聞こえた。

俺はどうしていいか分からず、とりあえず、精一杯首を強く横に振った。

「いや、謝んなくていいよ、俺の方こそ、なにか、悪いことしたかなって思って、追いかけてきたんだ。もしそうだったら、ごめん」

なかなか、返事はなかったけど、近くの道を子供たちが駆け抜けていったのをきっかけにしてかどうか、エルは「ヅカくんは、なにも悪くないよ。ごめん」ともう一度謝った。

「……いや、そっか、じゃあ、なんか、他にあったのか？　もし、言えるようなことなら」

「ヅカくんは関係ないよ」

はっきりと、言われてしまって、いつもなら、引き下がっていたと思う。助けを望んでいない彼女に、俺が食い下がる必要はないと。でも、今はそんな風には、思えなかった。

「関係、ないかもしれないけど。でも、なにか出来ないかなって、思う。だから、言えるようなことなら、言ってほしい」

自分でも、なにを言っているんだろうと思った。さっき拒絶された同じ言葉を繰り返しただけだ。いくらなんでも、相手のことを考えてなさすぎやしないか。

そんな俺の後悔をしり目に、エルはまた小さな、小さな声で返事をくれた。

「別に、なにかあったんじゃ、ないんだ」

まず、拒絶じゃないことにほっとした。けど、どうして、さっきとは違う返事をくれたのかは、分からなかった。

一分？　五分？　十分？　とにかくとても長く感じられた沈黙のその後、今までよりも深い数呼吸に、エルが観念したような雰囲気があった。

「……いじわる」

「え？」

俺に向けた言葉かと思った、でも違った。

「いじわる、しちゃったの」

そこで、エルは振り向いてくれた。

彼女の顔を見て俺は、ひどいことをしてしまったと、思った。追いかけてくるべきじゃなかったんだ。きっと、誰にも見られたくなくてシートを離れたんだ、さっき京が、俺とそうしたように。ようやく気がついても、遅かった。

「私、ミッキーに、いじわるしちゃったの」

「いじわる？」

エルははっきりと頷く。

「隠し味」

「……」

「秘密って言っちゃった……」

正直なところ、俺は、耳を疑った。

「え」

だって、信じられなかった。

その大きな哀しみは、本当に、そんなことが理由なのか？

俺は、そんな風に軽んじてしまった。だから無神経にも、勝手な解決法なんかをぺらぺら喋った。

「ミッキーそんなの気にしてないと思うし、次の機会に教えれば」

「違う、違うの」

首を横に振って、エルは、その胸に抱えていたものを、打ち明けてくれた。俺には、思いもよらなかった悩みを、教えてくれた。

「大切な友達を、取られるような気がしちゃったの……」

「大切な友達？」

エルは無言で頷いた。首が、かくんと取れてしまうんじゃないかと心配だった。

「ミッキーのことか？」

エルは、首を横に振った。首が、ぽろんと取れてしまうんじゃないかと心配になった。

「京くん」

「京？」

ますます訳が分からない。それでも一個だけ思い当たったことを、勇気を出して訊いてみる。

「エル、京のことが好きなのか？」

「そうじゃなくて」

ほっとしてしまった自分を、今はほうっておく。

「あのね、自分でも、変だって、分かってるけど」

「うん」とうなずいて、どんなことでも、聞く覚悟を作った。

「仲の良い友達が、もし、好きな人と上手くいったら、寂しいって思っちゃった……。別に、京くんを、彼がミッキーを好きなみたいに好きなわけじゃない、友達、なのに、寂しいなって思って、それで、私、クッキー」

少し聞き取りづらい言葉を俺は必死に追った。エルの息継ぎを、じっと待つ。

「クッキーを、京くんにあげてたのに、隠し味を、秘密にしちゃったの。私の方が、上手く作れるって分かってて、秘密にした。ミッキーのがちょっと、見劣りするように。なんでそんないじわるしちゃったのか、分からない、ただ、不安になって」

「な」

俺は、なにかを言いたくて、頭の中になにかちょうどいい言葉がないか探した。

でも本当は、頭の中に、かける言葉なんて、最初からなかった。

エルの言っている感情が、俺には、理解できなかったからだ。

体験したことがないものだった。ただの仲が良い友達、そいつの恋愛がうまくいったら、不安になる？　想像したことすらなかった。

例えば、遊ぶ時間が減るかもしれないとか、そういうことか？

でも四六時中一緒にいるわけじゃないのは今だって同じだ。

例えば、自分のことを考えてくれる時間が減るかもしれないとか、そういうことか？

そんなの、いつも考えられてたって困る。

もし本当に少し疎遠になってしまったとしても、友達であることが変わることなんてない。そいつが幸せであったらそれが一番いいことのはずだ。それに、自分にだって恋人ができることくらいある。そこに、哀しいもへったくれも。

俺が、なにも言えないでいると、エルはまた首を横に振った。

「ごめん、変なこと言って、こんなこと、気にするのおかしいって分かってるんだけど、間違ってるって分かってるんだけど、ごめんね」

「いや、俺に謝るのは——こっちこそ、ごめん」

なにも言えなくてって意味だ。

「それで、でも、どうにかしようって、京くんにそっけなくしたり、でも、それも上手くできなくて」

そういう意図だったのか。

「怖いんだ、仲良くなっても、いつ見放されちゃうのかって、怖くて」

「……怖い？」

この子は、そんなことを怖がって生きているのか？

場違いに俺は、どう思われてるのかが怖いと言うほど友達を想えるエルに、また一つ感心してしまった。

「……なんていうか」

エルは空中に向けた視線を動かした。逃げた言葉を探すように。

「きっと、自意識過剰なんだと、思う、ごめん」

自意識過剰。自分自身のこと、ひいては自分に向けられた人の心なんかも、気にしすぎるってことだ。

つまり、俺が持っていないものの名前だ。

重くて大切なそれを彼女は一人で持っている。

「自分のことしか考えてなくて、変わらなきゃって、思うのに」

俺は、何も考えず首を横に振った。

「変わんなくていいよ」

「駄目だよ……」

「いや、変わらなくて、いい」

二回続けたそれは、俺の口から勝手に出た言葉だった。エルの言葉を受けて、つい、思ったままの言葉を、数日前、進路についてエルと話した時みたいに言ってしまった。

その時と同じように、どういう意味で受け取ってほしくて言ったのか、最初は自分でも分からなかった。

伝えたい事がたくさんありすぎて、上手く言葉にできなかったんだ。

考えてみれば、多分、こういうことを言いたかったんだと思う。

変わらなくていい。俺達は、今のままのエルに助けられている部分がたくさんある、と。

例えば、ミッキーの目を自分とは違う種類のクラスメイト達にきちんと向けさせたのはエルだ。登校拒否なんて考えたこともなかったあいつに、自分とはまるで違う感じ方をする子達とも楽しみを共有できることをちゃんと理解させた。ミッキーの世界を広げた。

パラだって、エルのおかげで変わった。俺はあいつがエルの不登校について「いつか本人から教えてくれればいい」なんて言うとは思いもしなかった。パラの言葉にはいつも目的か冗談がある。なのにあれは俺に言ったってなんの意味もないパラの素の気持ちだった。きっと、ミッキー以外には見せていなかった、あいつの心の深い部分だ。実はエルと友達になってから、パラは前よりずっとクラスで受け入れられる存在になった。

京は、言わずもがなだ。エルがいることで京がどれだけ喜んでいるか、京はきっと、俺には感じられないシンパシーみたいなものをエルに感じている。そして、エルが登校拒否を乗り越えて学校に来るようになってからだ。ちょっとだけかもしれないけど京は、なにかに踏み出す勇気を前よりも確実に大きくした。

皆が、エルに助けられてる。だから、変わらなくていい。

そう伝えたかった。

それに、俺だって……。

自分のことにたどりついて、ようやく分かった。

「……駄目だよね、こんなんじゃ、ごめんね」

「違う、エル」

「違くないよ」

「いや、そうじゃない」

俺は分かった。それは、エルの哀しみを消す方法とか、そういうことについてじゃなくて。京との関係をエルがどうしていけばいいとかそういうんじゃなくて。

エルのことを考えてみて、自分勝手に、自分のことに、俺は気がついた。

どうして、俺がエルを特別に見ているのか。どうして気になり続けるのか。

そんなことに今さら、気がついた。

「謝ることなんかじゃない」

簡単なことだった。

そうだ、つまり、俺も、エルから学ぼうとしてたんだ。ミッキーやパラや京がエルから学んだみたいに、彼女からしか、学べないことを必死に、すがりつくように。

この子に学べば、手に入れられるかもしれないと思ったんだ。

今までの俺にはなかった心を、知れるかもしれないと思ったんだ。

「変じゃない。エルは、そのままでいい」

実は、今さら気づいたことが、もう一つあった。

これも、エルとは関係のない、俺自身のことだ。

本当は哀しかったんだ、あの時。

最初は先輩から好きだって言われたけど、一緒にいると楽しくて、振られた時、平気なんかじゃなかった。哀しくて、でも、平気だと思い込もうとした。相手がそれでいいならそれでいいと思った。

でも本当は、知りたかった、自分と向き合えたら、彼女を引き留められたかもしれなかったのか。分かったような顔をして、傷ついてないふりをしなくてすんだのか。

本当はちゃんと傷つきたかったんだ。どういうふうに考えたらよかったのか。

それを、エルから学ぼうとした。

全て(すべ)を自分と結び付けて考えてしまう心を持ってるエルに。

京も似たようなものを持っているけれど、それよりもずっとずっと頑(かたく)なな。

「俺や、ミッキーは、そんな風には考えられない」

きっとエルは、こんな風に思ったのだろう。もし自分が大好きな人と一緒になったら他のことを忘れてしまうかもしれない。もし他の人もそうなら、京は自分のことなんて忘れてしまうだろう。それが、嫌だ。

もし、俺がほんの少しでも、そんな風に考えることができたら、もう少し哀しくない別れになってたんだろうか。

「だから、エルはそのままでいいよ。エルにしかないものなんだ。謝らなくていい」

本心だった。エルはそのままでいい。それが想いの全てだったけど、もちろんそんな言葉だけじゃ、エルの気持ちの整理にはなんの役にも立たないことは分かっていた。

エルが心を聞かせてくれたから分かっていた。だから、続けた。

「つまり、さ、俺やミッキーはそんな風には考えないから、大丈夫だよ。ミッキーは、もしそれを知ってもなにも気にしない。パラ見ろよ、いじわるってレベルじゃねえことといっつもしてるけど、友達だろ」

「でも、私は、いじわるしようと思ってしちゃったの」

「じゃあ、そんなのチャラになるくらい、これからミッキーにお菓子作ってあげるとか、そんなんでいいと思う」

「でも、もし、また、同じようなことをしちゃったら」

……確信してるんだろう。

この哀しみや怖さが消えることはないと。自分の心の、ある意味での強さを。教室が居辛くなった時に、教室を変えるのではなく自分がいなくなるという頑固さを見せた自分を、ある意味で信じているんだ。

心を、ぎゅうっと押されるような、感覚がした。足りない部分に形の違うものを詰めて満たす時のような。

「そ、それでも大丈夫、ミッキーと中学から友達の俺が言うんだから。俺なんてあいつをマジでぶちぎれさせたこと何回もあるしな」

「京くんにもやなことしちゃった……」

「京も、そんなんでエルを嫌いになるような奴じゃねえよ」

「……ヅカ、くんは」

「おう」

「ヅカくんは、思ったことないの、ミッキーがどこかに行っちゃうんじゃないかって」

唐突な質問に面食らった。少し考えるけど、やっぱりまだエルみたいには考えられなかった。

「ねえなぁ。あいつの前じゃ絶対言わねえけど、なにがあっても、友達だなって思う」

「そんなの分かんないって、不安にならない？」

「大丈夫だよ」

そう、大丈夫だ。俺の経験上。友達っていうのは、そういうもんだ。

嘘じゃない。

嘘じゃないいん、だけど、エルの哀しみや不安はそんな言葉じゃ消えた様子はなかった。そりゃそうか、なんの根拠があって、と思われてるかもしれない。

根拠が、あるにはあるんだけど。

「…………」

本当に？

そう言葉にはしないで、訊いてくるエルの目を見て。

不安で不安で仕方がないという、彼女の心を見て。

俺は、観念した。

心の中で一言「ごめん」と謝る。エルにじゃない。

分かってる、言っちゃいけないことだ。

でも、これが俺の、第一歩だと思って許してくれ。

そんな身勝手な謝罪をしながら、俺はエルの目を見た。

「うん、大丈夫だと思う」

まっすぐなエルの瞳から、目をそらさない。

エルの考え方を分けてもらう、代わりに俺の考えを分けてあげる。そうやって埋めあえたら。そう思った時に、きっと心の形が決まったんだ。

「いや、あのさ、実は、俺」

心に秘めている時は、別に平気だったのに。

久しぶりに誰かに話す秘密は、ばらすとき、いささか恥ずかしい気持ちになった。

少しだけ、マークだけじゃ分からないあいつの気持ちが分かる気がした。


「じゃーん！　どう！　美味しそうでしょ！」

「おお、ミッキーが作ったって言うからどんなの出てくるかと思ったら。丸い！」

俺が褒めると、ミッキーは一瞬こっちを睨(にら)んでからすぐに得意げに胸を張った。

「ははっ、大したもんでしょ？」

「うん、あれ、でもエルのレシピから作ったんだよな？　ちょっと違くない？」

「気づいた？　隠し味にチョコレート入れてみたのっ」

これまた茶色いクッキーを指さし、上機嫌なミッキー。パラの「もしかしてこれが隠れてるように見えてるの？　すぐに病院予約しようよ」という皮肉に笑顔とパンチで応え、小さな袋に入ったチョコレートクッキーをそれぞれに手渡していった。

パラに、エルに、俺に、それから京に。

特別なものじゃないだろうけど、京はプレゼントに緊張してるみたいで、面白いから肘(ひじ)でこづいてやった。

「どう、男子二人は、女の子からのクッキー、ドキドキした？」

嬉しそうにミッキーが京の図星をついてくるので「まあバレンタインの時のマーブルチョコ数粒よりは」と代わりに返す。それでいつもなら満足するのに、割り増しされたミッキーのテンションは京を逃がさない。

「京くんは？」

「あ、え」

「京くんは？」

「う、嬉しいよ。すごい、嬉しい。美味しそう」

「ははは、よかった」

喜びのスペードがミッキーの頭の上で更に膨らむ。京は褒め下手なので、面と向かって褒めるのは珍しい。応援しているパラやエルの頭の上のスペードも同時に大きくなる。皆を代表して、勇気を出した京をもう一回肘でこづいておいた。

「さっ、食べて食べて！」

号令を合図に、俺達はいっせいにリボンで閉じられた袋を開ける。中から一枚を取り出し、口に放り込んだ。全員が口を閉じて、一瞬、静まり返る。

正直、ちょっとだけ覚悟していたんだけれど、その心配は見事に裏切られた。

「あれ、美味いっ」

考えもせずに俺の口から出た言葉に「うん」とパラが頷く。

「三木ちゃんが生産ラインに関わってるとは思えない」

「関わってるもなにも、材料調達、生産、配送、全部私だから！」

「ミッキー、本当に美味しいよっ。チョコレートが凄くいいっ」

皮肉もなにもない笑顔のエルに褒められて、ミッキーは大変満足したように「よかったー」と両手をあげた。そして、

「京くんは？」

また絡まれる京は、もう既に二枚目を口に入れていて急いで飲み込む様子がなんとも面白かった。

「う、うんっ、美味しいっ。すっごく」

「よかったー、ちゃんとエルの言う通りにしたおかげだよー」

また万歳をするミッキーに俺は口にはせず「よかったな」と思う。褒められたミッキーにではなくて、京とエルに。

そして、よかったことは、それにとどまらなかった。

「京くん、焼きそばいただくねっ」

笑顔で、エルがお皿に京の焼きそばを取るのを見て、無神経なミッキーが「あれ？」と余計なことを言う。無意識にそれが余計なことじゃないと、分かっているのだろう。

「お腹いっぱいって言ってなかった？」

「気のせいだったみたい。それに、甘いもの食べたらしょっぱいもの欲しくなっちゃった。うん、おいひいっ」

笑顔を向けられた京は、きょとんとして、でもすぐに笑顔になり、頭上には喜びのスペードを浮かべた。

よかった、そう心から思った。

これで、いま見えている問題は全て解決した。

「花見来てよかったな」

唐突に俺が言うと、発案者のミッキーが「でしょー！」とふんぞり返った。そこにパラが「三木ちゃんが受験失敗したら皆で笑おうぜ」と水を差す。さく裂するチョップに、京とエルが笑う。

全員の頭の上に、スペードとハートが浮かぶ。

あ、また一つ、気がついた。

そうか、誰かのためなんかじゃない。俺はこれを見るのが嬉しいんだ。

そう気づいて、ようやく、あの時の先輩の声が耳元から消えた気がした。


さて、内緒の話なんだけど。実はこれが大したことのない話なんだ。

人生で初めて彼女ができたのは、中学二年生の頃だった。

今と同じで運動に夢中だった俺は、恋愛のことになんてそんなに興味もなかったんだけど、なんとなくの常識として、仲のいい子とは付き合うものらしいという認識を持っていた。

だから、特別に仲がよかった女の子となんとなく付き合うことになった。その子といると居心地がよかったし、他の子といるよりも楽しい。好きなのかもしれないと思ったし、なるほど、これが恋かと思った。

相手もどうやらそんな風に思ってくれていたようで、俺達は「付き合おっか」「うん」という二言で恋人を始めることになった。

でも、付き合うということになってから、一ヶ月。きっと気づいたのは、二人、ほとんど同時だったんじゃないかと思う。

あれ？　これ違くね？

俺が部活帰り、一緒にアイスを食べながら唐突にそう思った時、彼女が言った。

「あれ？　これ違くね？」

その時に初めて気がついた。仲がいいことと、恋愛は違う。友達として好きだってことと、異性として好きだってことは違う。

思えば手をつなぐことすら、照れくさいから嫌で、していなかった。

すぐに別れた俺達。友達を異性として見ていたとお互い知られてるなんて恥ずかしくて、それから少しの間ぎくしゃくとしてしまった。

でもそれもある期間だけで、一ヶ月が経つころには、俺はそのことを笑っていた。

笑っていた方が恥ずかしくないことに気がついた。

彼女も笑ってくれたけど、でも本心ではまだだいぶ恥ずかしかったらしい。俺を男として見たこと、それが本心ならまだしも、ただ恋心というものを分かっていなかったってこと。

その恥ずかしさはどうやら年々増して来るようで、中学を卒業する時、完全に友達に戻っていた彼女は、俺が既に忘れかけていたことを蒸し返して言った。

絶対、誰にも言わないって約束して。

俺は頷いて、顔を真っ赤にした彼女と指切りをした。

「針千本は無理だなぁ」

「え？　なんか言った？」

「いや、なにも」

公園の水道でタッパーを洗いながら、ミッキーは俺の独り言に振り向く。

針千本は無理にしても、いつか、飛び蹴りの一発くらいは食らってやろう。

最後のタッパーを受け取り、タオルで拭いてから、じゃんけんで負けた俺達はシートに戻ることにする。

鼻歌を歌いながら、嬉しそうに公園を闊歩するミッキー。友達の後ろ姿を見て、突然、理解されなくても伝えたくなった。

自分勝手に、自分の感情と向き合って知った。

「次は、勘違いじゃねえよ」

俺の言葉を受け取ったミッキーはてっきり不思議そうな顔をして「え？」と言うと思った。

それなのにミッキーは、鼻歌をやめると、歩幅はそのままに、頭の上のスペードを思い切り膨らませた。

そして空を見上げて言った。

「私も」

「え？」

思わず立ち止まると、ミッキーも立ち止まり、顔だけでこっちに振り向いて「エルの言う通りにしたんだ」と続けた。

そうしてまた歩き出したミッキーは、前方に、まだ残っていたのだろうタッパーを持ってきている俺の親友を見つけ、全速力でかけよっていった。

呆然（ぼうぜん）としながら俺は、相変わらずなにも分かっていなかった自分達のことがおかしくなった。

か↓く←し↑ご→と

十年後の自分へ
お久しぶりです。今こちらは夏休みです。そちらは仕事が休みの日とか、そんな感じでしょうか？　あなたはこの手紙のことを覚えていましたか？　多分きっと覚えていたんじゃないかと思います。あなたがどんなふうになっているのか想像はつかないけど、この手紙のことはちゃんと覚えているような気がします。覚えていなかったらごめんなさい。
あなたは

さあ、そこで止まったまま、かれこれ三日。手紙の続きがまるで出てこない。
補習のない土曜日、夏休み中の更に週末であったとしても私達受験生にはしなければならないことがあるので、今日も図書館に来ている。

受験生がちらほらといる朝の静かな図書館自習室。四人掛けの机が空いていたのでそこに座り、二時間ほど集中して数学を勉強したところで、一息入れようと手紙を取り出した。

今日こそ何か出てくるかと思ってペンを握ったんだけど、十分ほど手紙を睨んでもやっぱり何も浮かんではこなかった。

手紙なんて、友達にも書いたことがないのに、自分に宛てるというのは、結構ハードルが高い。しかも、未来の自分にだなんて、数ヶ月後に受ける大学さえあっちだこっちだと決めきれていない私には荷が重い。

期日は一週間後だ。どうしようかな。

そんなことを考えていると、正面の椅子に手がかかったのが見えた。

「あ、おはよう京くん」

「おはよう宮里さん」

ひそひそと挨拶を交わす。彼は正面の席に座って鞄から筆記用具とプリントを取り出し、早速勉強を始めた。受験生になってからというもの、土日にはこの図書館で会うことが多くなったので挨拶もだんだん単純になってきた。

私も手紙をしまい、今度は日本史の勉強を始めることにする。友達の前で手紙を書くというのもこれまたハードルが高い。

途中トイレに立ったり飲み物を飲んだりはしたけれど、基本的には集中してその後の二時間が過ぎた。

時刻は大体午後一時。私と京くんはまたひそひそと相談して図書館を出ることにした。午前中に来たメンバーはよきところでお昼ご飯を食べに行く。これも受験生になってから何度もしていることなので、もめることはない。

外に出ると、今まで図書館の壁に遮断されてた蟬（せみ）の鳴き声や高い気温が一気にむき出しの体に集まってくるような気がして、妙な高揚を覚え、私は思い切りのびをした。

行き先は決まっていた。歩いて五分ほどのところにあるスーパーのフードコート。そこにはマクドナルドやたこ焼き屋さんやうどん屋さんが入っていて、まあその三つしかないんだけど、一週間に二回くらいなら飽きることもないので私達はいつも来ている。

つい先週も来たばかりでお店のメニューなんかも全然変わってない。

変わってることがあるとすれば、こっちの方だ。

「あああ、すみませんっ」

何かを考え込んでいた様子の京くんは、お釣りをもらおうとしてマクドナルドのレジの前で小銭をばらまいていた。

私はそれをうどん屋さんの列に並びながら見守る。最近京くんにはああいったミスが多い、どうしたんだろう。

きっとミッキーと何かあったんだろうな、彼が不安定になる理由なんてそれくらいのものだ。

ポテトが揚がる前に出来上がったきつねうどんと一緒に席に着いて待っていると、無事ハンバーガーセットを購入出来た京くんが苦笑いを浮かべてやってきた。そして「恥ずかしい」と一言、本当に恥ずかしそうだった。

「どうしたの？　京くん、最近見てるとああいうこと多いよね」

ちょっといじわるして訊いてみた。

そもそも私が彼の恋心すら知らないと思っている京くんは「えっと」と取り繕う前置きをして「なんでもないよ」と続けた。

「秘密かぁ」

「や、だからなんでもないんだけど」

「そっか、秘密かぁ」

京くんはとても困ったような顔をする。最近私も、いじるっていう楽しさが分かってきた。まだ京くんに対してだけ、だけどね。

私がニヤニヤと表情を作って見ていると、彼は「そういえば」とあからさまに話題を変えようとした。

「図書館で書いてた手紙って、タイムカプセルのやつ？」

「うん、そうだよ。全然何も思い浮かばなくて、ずっと止まってる。京くんはもう書いた？」

「いや、まだ。十年後の自分って、想像も出来なくて」

「だよねー、二十歳の自分も想像出来ないのに。好きな人くらいいるのかな。京くんはどうだろ」

「え、う、うーん」

京くんは誤魔化(ごまか)すのが下手だ。

ふと、いっそこっちから言っちゃおうかなと思った。知ってるよって。そっちの方が、色々と話も聞いてあげられて、悩みも減るんじゃないかな。マクドナルドのお姉さんに苦笑いされることもなくなるんじゃないかな。そうだそうだ、受験生に悩みはよくないよね。

なんて思って、今まで知らないふりをし続けてきた京くんの想い人の話を振ろうとしたんだけれど、突然、彼がちらりと私の後方を見るやいなや、彼の体から飛び出した矢印が私を貫いた。

あ、私達だけじゃなかったんだ。そう思って、「どうしたの?」と言いながら後ろを振り返る。案の定、ミッキーとパラがアイスの袋を持ってスーパーの外に出ようとしていた。あんまり声が大きくない私が大きく手を振ると、先にパラが気づいてくれて手をあげた。彼女の体からも、そっと矢印が出ている。

パラの動きでやっと気がついたミッキーもこちらに大きく手を振り、同時に体から矢印が出て私を貫いた。

まるで昨日テレビで見た鰻のかば焼きみたいに串刺しにされても大丈夫な私は、京くんに提案して近くの四人掛け席に移動する。

私が京くんとは対角に座ると、小走りでやってきたミッキーが「おっはよー!」と言いながら私の隣に座った。

少し遅れてむき出しのスイカバーをかじりながらパラがやってきて、私の正面に座る。

「青は藍より出でて藍より青し、だよね」

パラが挨拶もせず言い出したことに、京くんとミッキーが「は？」という顔をした。ミッキーは声にも出ている。

パラの言いたいことがなんとなく分かった私は、もし外れてたらどうしようという気持ちも十分に持ちながら、その考えを口にすることにした。

「スイカよりスイカバーの方が美味しいってこと？」

「さすがは宮里ちゃんだね。見てみなよこの二人、ちいっとも分かってないんだから。そろって馬鹿みたいな顔してお似合いだよ、付き合っちゃえ」

パラの言いたい事を当てられた喜びも束の間、パラの踏み込みはかなりギリギリのところまで足を延ばすのでどきりとする。でももっとどきりとしたのだろう二人はどちらもあからさまに慌てて、同時に話題を変えようとした、結果「そういえば」がぶつかって会話が渋滞を起こした。

にやついているパラと目が合って、私もくすりと笑う。

私は可愛い二人があたふたとしているのを目の当たりにしつつ、ひとまずはうどんが伸びる前に食べてしまうことにした。

図書館には午後六時まで居座った。東の方にチャリをかっとばして行くミッキーと、図書館近くに住んでるパラを見送れば、私と京くんはまた二人きりになった。

家までは同じ方向なので、図書館で会った時には一緒に帰ることにしている。

二人になって京くんは「ふう」と軽く息をついた。私のことを気を抜ける相手だと思ってくれていることが毎度少し嬉(うれ)しくなる。私も京くんと二人になると気を抜いてしまう。そんなこと恥ずかしいから言わないけど。

「ミッキー、今日も元気いっぱいだったねー」

「うん、そうだね。晴れの日も雨の日も」

京くんこそ、晴れの日も雨の日も、ミッキーの名前を出せば弾んだ声が返ってくる。単純に、すごいなって思う。そんなに人を想ったこと、今までにない。

ああそうだそうだ、二人に会う前に、京くんのその想いを知ってるって言おうとしてたんだった。忘れてた。

うん、この機会に言っちゃおうか。

私が一つの決心をして、京くんに「あのさ」と話しかけると、全く同じタイミングで京くんもまた「あのさ」と、まるでハモるように言葉が重なった。

一瞬きょとんとして二人で笑い、私はひとまず京くんに先攻をゆずる。

「京くんからどうぞ」

「ありがとう。あの、ちょっと相談があるんだけど、いや、分からなかったら答えなくても全然いいんだけど、うん、えっと、気軽に聞いてもらってもいい？」

「うん、いいよ」

相談してくれるっていうのが、嬉しい。

「あの、実は、三木さんと同じ大学を受けてほしいって言われたんだけど、どう思う？」

「誰に？」

「三木さんに。この前いきなり言われたんだけど、どういう意味なんだろうと思って。ちょっと女子の意見を……」

「……」

そんなことに悩んでるの？　なんて私は全然思わない。きっと多分同じようなことがあったら私だって京くんと変わらない反応をするだろう。

最近、なにかに気をとられ気味だったのはそのせいか。

「分かんないけど、学部とかは？」

「なんか三木さんが資料もくれたんだけど、僕が専攻したい分野がちゃんとあるみたい」

「だったらいいんじゃない？」

「んーでも偏差値が今の第一志望よりちょっと高いんだよね」

「そこはなんとか必死で」

「……そもそもなんでこの時期にいきなりそんなこと言われたのか気になって。師匠がなんか企(たくら)んでんのかなー」

最初は律儀(りちぎ)にパラの指示で師匠と呼んでいた京くんは、最近ではその呼び方を面白がっているように呼ぶ。その変化に表向きはなんの意味もないんだけど、なんだか良い。

「宮里さんはさっき何を言おうとしたの？」

本当は自分の悩みをつらつらと並べてくれたっていいのに、京くんはきちんと私に会話のターンをくれる。

私は訊かれたんだから言っちゃうよ、と、おどけた気持ちで、秘密を知ってた秘密を明かすことにした。

「いやあ、パラの企みかどうかはさておき、ミッキーと同じ大学に行けたら京くんはすごく嬉しいんじゃないの？」

私は京くんが驚くと思って、その表情を受け止める気持ちも作っていたんだけど、彼の反応は予想していたものとかなり違った。

「うん、まあ、それは、そう、なんだけどさ」

彼のいつもと変わらぬ煮え切らない様子に私が驚く。

「あれ、私が京くんの気持ち知ってるの驚かないの？」

「……え？　だって、あれ？」

京くんの反応に拍子抜けする。

「なんだあ、もっと早くからいじっておけばよかったあ」

「やめてよ、ヅカとか師匠から散々やられてるのに。それだったら知らないってことにしといてほしい」

「やだ。同じ大学に誘ってくれるなんていいじゃん。もう告白の予約しとけば？　受験終わったら告白するので、って」

「それもう告白してるよ」

「じゃあもう告白でいいんじゃない？」

「ええ、そんな感じでいじってくるの？　僕が受験に失敗したらヅカや師匠のせいだって思ってたけど、宮里さんのせいでもあるなー」

「それもいいかもね、一年後必ず迎えに行くからってミッキーと約束するの」

「あー、友達に受験失敗をいいかもとか言われてる」

京くんは両手で顔を覆って落ち込んだふりをする。少しだけ、ほんの少しだけどきりとしてしまうけど大丈夫。京くんはそれがポーズだって私に分かるように、すぐ笑ってくれる。私も、京くんを心配させてしまわないように笑顔で返す。

「理由はどうあれ、ミッキーに誘われてるんだったら頑張ってみたら？」

「んーそんな素直に受け止めていいのかなぁ」

「ミッキー、素直でしょう」

私達とは違って、という意味に京くんも気づいてるだろう。京くんは、ミッキーのそういう難しくない問答無用さが好きなのだ。好きで好きでしょうがないんだ。考えてて私が恥ずかしくなってきた。

「や、何か隠し事されてるのかなって思って」

あー、シャンプーの匂いのことを思い出してるのかな。悪いことしちゃったな。お詫び、なんて言っても全然割に合っていないだろうけど、一つ本当のことを教えてあげる。

「ミッキーそんな複雑なこと考えてないと思うよ。ほら、目標に向かってまっしぐらだから」

「確かに三木さん集中力凄いよね。師匠のちょっかいにも気づかないくらいだし。あーいうとこやっぱり陸上で短距離走してたからなのかな」

ミッキーのことを喋ってる時の嬉しそうな顔に、本人は気づいてないんだろうし、気づいたら照れて今後ミッキーのことは喋ってくれなくなりそうなので、今日も指摘はしないことにした。

だから、彼のちょっとした勘違いも正さないことにした。

隠し事なんて、何もない。

正しくは、隠せてない。

京くんが私と同じようにまるで自分に自信なんてなくて、そんな可能性考えもしないからばれていないだけの話で、危ないよ、ミッキー。

大学の件、私は初めて聞いたことだったのだけど、もしかするとパラがそそのかしたのかな、そんなことを思ったから、月曜日、補習も終わって図書室も閉められての帰り道で、そのことをパラに訊いてみた。

「あの子の辞書見てごらん。慎重って言葉塗りつぶしてあるから。あと、相談って言葉も」

「じゃあパラも知らなかったんだ」

「知らなんだ！　それで、京はびくびくしてるってわけか、小学生かよあいつら。宮里ちゃんピノ食べる？」

「ああうん、いただきます」

パラはさっきコンビニで買ったピノのふたをべりっと開けると、三つを指で連続ロに放りこみ、「あほはあへる」と言って、残り半分を容器ごと私にくれた。前にも同じくれ方をしたことがあったので、ありがたくミニフォークも受け取っておく。友達に変な遠慮はしない方がいいと、このごろようやく分かってきた。

てくてくと歩く帰り道はもう六時だというのに明るい。

「ある意味、ミッキーと京くん、二人だけの隠し事だよね。裏表逆のTシャツみたいだけど」

「宮里ちゃん詩人！　確かに、周りはみんな知ってるのに、二人だけがしまい込んでお互い気づいてないんだから、舞台裏だけ見せられるミュージカルみたいだ。うん、この例え我ながら意味分かんねえなっ」

夏になって大好物のアイスが美味しくなる季節だからというわけでもなく、パラはいつもと同じように今日も楽しそうだ。

「パラにも相談してなかったなんて意外だなぁ」

本心からそう言うと、パラは「意外なものかね」と妙に時代がかった口調で言った。

「あの子あれで見た通りぴゅあっぴゅあだからさ、そういうの自分から話すの恥ずかしがるんだよね、まあバレバレなんだけど」

「バレバレだよねぇ」

「でもばれてないと思ってるし、実際、互いにはばれてないわけだから、一番あっちゃダメなのは、閉じ込めたまま、二人ともその場所を忘れちゃうことだよ。心とタイムカプセルは埋めた場所を忘れがちだからねぇ！」

「す、すごいキメ顔だっ」

その顔のまま何故かにじり寄ってくるパラはともかく、確かにその通りかもしれない。タイムカプセルのことを話すと、大人達はこぞって埋めた場所を忘れてしまったと言っていた。時間が経ちすぎたり、他のものに興味を奪われたりしたからだと思う。

二人がそんなことになっては、あまりにも悲しい。

「だから、ここらで受験はともかく一回なにかしらで想いを確認出来たらいいんだけど、三木ちゃんが京にすれすれの提案をしたのは、京のことも考えてでしょ。受験が終わるまで、言う気はないんだよ」

「うん私もそう思う」

「ルール変更しよう！」

「びっくりした！」

パラの大声は超大きくて私はいつもびくっと体をはねさせてしまう。近くで寝てた猫も飛び起きて逃げてしまった。

パラは気にせず思いつきを続ける。

「タイムカプセルに入れようって言ってた自分に向けた手紙あるじゃん。あれをさ、他の四人に向けたものにしようよ」

「え、それを十年後に交換するってこと？」

「いや、そうすると本音で書かない可能性があるから、あくまでも十年後にそれを読むのは自分で、自分が十年で他の人に向けての気持ちが変わったかなって楽しみ方にしよう。そしたら、あの二人も今の本音を書くでしょ、ここでぐっと自分の気持ちを形にしといたら忘れないよ」

なるほど、っと私は手を打った。

「あ、でも、もう皆自分に向けた手紙書いちゃってないかな？　私は、まだだけど」

「じゃあ大丈夫でしょ。あとの三人がやってるとは思えない。正直さ、自分に向けて書きたいことなんて別にないんだよね」

「わっ、パラが提案したくせに」

「提案したくせに何も実行しないって政治家みたいだよね」

自分で言ったことに大笑いするパラは悪びれる様子もなく、私もせっかく考えてたのになんて思わなかった。だって、他の人に向けた気持ちの方がずっと書きやすくて楽しそうだ。見せないなら、思いのままに書けるし。

まず誰宛てを書こうか考えていると、にししっと笑いながらパラが訳知り顔で言った。

「かっこつけてるあいつも、色々と忘れずにすむでしょ。あ、これ独り言だから！　意味深に宮里ちゃんの頭の片隅に残そうと思って言った台詞じゃないからぁ！」

「え、えー、なにそれー」

意味が分からず困った私の顔を見たパラはことさら楽しそうにしていて、この子は一体どんな大人になるんだろうと今から手紙を書くのが楽しみになった。

あいつって、ヅカくんのことかな。パラとの間に何かあったのかな。

そんなことを考えているうちに、私達はお互いの家への分かれ道に着いてしまった。

ルール変更を告げられて、反論したのはミッキーだけだった。

「私！　もう！　書いたのに！」

聞いてまず、すごいなと思った。きっと彼女には煌めく自分の未来がはっきりと見えているんだろう。

パラの両ほっぺをつまみながら詰め寄ったミッキーがあまりに不憫だったので、じゃあ自分宛てを短くてもいいから書くことにしようと私が提案すると、その折衷案で手打ちになった。

とはいえ、ミッキーも皆に宛てて書くということ自体はとても楽しい企画だと思ったようで、勉強の息抜きにちょうどいいと喜んでいた。

困っていたのは、ミッキーがいない時にパラから壁際でカツアゲのように趣旨を伝えられた京くんだ。

「別に見せるわけじゃねえんだから好きに書いたらいいじゃん」

気軽な感じでヅカくんに言われた京くんは困ったように「えー」と唸っていた。

ヅカくんの言うことは正しい。でも分かるんだ、京くんの気持ち。口にしなくても、相手に伝わらなくても、形に残すことを自分なんかがしていいんだろうかって思っちゃうんだよね。

そう思いながらも、京くんのそれは言葉にしていい想いだから、私は笑って「そうだよー」とその背中を押した。

帰りに、私と京くん、そしてパラで文房具屋さんに寄った。京くんがノートの切れ端に手紙を書こうとしていたのを知り、ちゃんとしたレターセットを買わせることにしたのだ。もちろん私じゃなくてパラが。

「ノートの切れ端って、情緒というものがないのかね、情緒というものが」

とパラに叱られながら京くんが選んだものは、空色でまとめられた、未来の広がりを思わせる便箋だった。私もついでにと子猫がページを教えてくれる付箋を、パラは苺の匂い付き消しゴムを買って文房具屋さんを出た。

帰ってから、私は早速四人への手紙、その最初の一つを書き上げた。

自分宛てのものはあんなに悩んだのに、友達への手紙はさらりと書けるなんて、自分のことよりも皆のことが好きなのだとはっきり分かることが出来て、嬉しくなった。

でもその後、皆が私のことをどう書くんだろうと気になって、いつもより少し寝付くのが遅くなった。

ヅカくんへ

今の気持ちをはっきり言っておくと、恥ずかしくて仕方がありません。四月にヅカくんに泣いてるのを見せてしまって以来、とても駄目な自分を見せてしまって以来、本当に恥ずかしくて仕方がないです。もちろん、そんなふうに恥ずかしく思うよりずっと大きな感謝もしています。私を慰めるためにヅカくんは秘密まで喋ってくれて。ヅカくんは大雑把なようだけど実は誰より皆のことをきちんと見ていて、そのしっかりとした部分をとても尊敬します。しっかりしているから、十年後は夢を叶えて、もしかすると外国からタイムカプセルの為に帰ってきてるかもしれないですね。案外、付き合っている女の子や奥さんの尻にしかれて困らされているかも。四人の中で、私と一番違う部分が多いと思うヅカくん。十年後もきっと友達でいてください。それまでに落ち込んだヅカくんを慰められるくらいには成長しておこうと思います。そういえば友達になってから一度もヅカくんの矢印を見てないです。夢と一緒にそっちも応援してます。

その週の日曜日は記述式の模試があった。朝早くから近くの予備校にたくさんの人が集まり模試を受ける。席はバラバラだったけど同じ教室にヅカくんがいて、昼休みに食堂で私はお弁当、彼がコンビニで買ってきたサンドウィッチを食べていると、他の教室にいた三人も順番にやってきた。

「デート中すみません、お隣よろしいですかぁ？」

猫なで声をかけてきたパラはなんとも余裕そうで、本番じゃないのに緊張しっぱなしだった私の心は彼女の表情に一瞬でほぐされてしまった。

すぐにミッキーと京くんも到着し、こんないつもとは違う環境でいつものメンバーがそろうことが小心者の私にとっては凄く心強かった。

しばらくの間、あの問題が難しかっただの、あの英訳はなんの構文を使うだのと受験生らしい会話をしていたんだけど、いつしか話題はタイムカプセルのことになった。ルール変更に伴い、締め切りは二日前の金曜日から二週間後に延びていた。

「皆もう愛の告白書き終わったの？　早く書かないと私が愛を独占しちゃうよ」

明らかに面白がっているパラの言葉にはいつもひやひやするけど、ついつい京くん達を見ちゃう私も同罪だ。それに、パラには彼女なりの覚悟があってやっていることなんだって知ってるから、止めることは出来ない。

「わ、私はまだヅカに対する悪口しか書いてないけどね」

明らかな照れ隠しのミッキーの言葉に、ヅカくんもまた「俺もミッキーの悪口しか書いてねえ」と笑いながら返した。そこに「私は二人とも大好きだよ」とおかしいくらい穏やかな笑みを浮かべたパラが割って入り、それを京くんがニコニコと見ている。

あまりにいつもの光景の中にいたのが、心にとてもよかったのだろう。午後からの科目は絶好調で、私は受験に対しての自信を一つ身につけることが出来た。

帰り道、近くのハンバーガー屋さんで三十分だけ駄弁ってから、その日は解散となった。受験生に本当の意味での休息はない。皆、帰ってまた勉強だ。

朝、お母さんに車で送ってもらっていた私は京くんの自転車の後ろに乗せてもらうことにした。本当はいけないんだけど、少しの距離だしね。

パラを後ろに乗せたヅカくんの自転車と並走しながら車の通らない道を行く。ミッキーもこっちの方向に住んでたら京くんの後ろに乗せてあげられたんだけど、なんて思ってから、そんなことしたら京くん緊張してこけちゃいそうだと思って一人、笑ってしまった。

ヅカくん達と手を振って別れ、ここからなら歩けると言ったけれど、京くんがせっかくだからと家の前まで送ってくれることになった。

道中、「さっき何を急に笑ってたの？」と訊かれた。

「私じゃなくてミッキーがここに座ってたら、京くん緊張してこけちゃいそうだと思って」

「えーそんなこと。でも、まあ、うん」

「でしょ？　京くん、ミッキーへの手紙もう書いた？」

正確には、相手に送るわけじゃないんだから手紙という言い方はおかしいのかもしれないけど。

京くんは「まだ」と首を横に振った。

「ちゃんと本音で書かなくちゃだめだよ」

「んー」

「これは冗談じゃなくて、本当にそうしてほしいなって思う」

気持ちを伝えると、京くんはそれからしばらく何も言わなかった。もしかして余計なお世話だって怒らせちゃったのかな。少しひやひやしていると、京くんは緩やかに自転車を止めた。もう、私の家がすぐそこにあった。

「ありがとう」

そう伝えて自転車の後ろから下りると、京くんは私の方を見ずに「怖くて」と言った。

本当は分かっていた。でも、会話として訊かなくちゃいけなかった。それを、とても申し訳ないと思った。

「何が？」

京くんはいつもパラにいじられている時みたいな困った笑顔でこっちを向くと、「色々」と答えた。そうだよね、と思った。色々、怖いよね。

手を振って別れ、彼の背中を見送ったあと、私は彼の重荷にならないように、反対方向を向いて少しだけ祈った。

パラへ

少し前まで、私はパラのことを少し怖いと思っていました。理由は、まるで心の中を全部見抜かれているようなそんな気がしていたからです。いつも明るくてふざけてるパラは、奥の方で実は人の心をじっと見てるんじゃないかって、それを怖いと思ってしまっていたんです。けど、今はそんなことはありません。こんなことを思っていると知られたら怒られてしまうかもしれないけど、きっとパラも私と同じような部分があって、少し人のことが怖いんじゃないかなってそんな風に思ってます。考えすぎでしょうか。何はともあれ、今の私は、楽しいパラも、じっと人を見つめているパラもどちらも大好きです。十年後もパラはきっとパラなんだろうなって思います。どうかそのまま魅力的な大人になっていってほしいです。これは私だけが知っていることだろうけど、自分の心を押し込めてまで好きな人の幸せを願うパラの幸せを、私も心から願っています。

今日も補習の日、「甘いものがいる！」と言い出したミッキーに付き合って、放課後いつもなら図書室に直行なんだけど食堂でおやつを食べることにした。メンバーはいつものメンバー引くヅカくん。彼は今日も校庭を走っている。

ミッキーはチョココロネを、私達は三人それぞれにアイスを買って食堂の端っこに陣取り、それぞれの脳を糖分でいやした。

「手紙は順調かね？」

スーパーカップを木のちっちゃいスプーンではなくカレー用のスプーンで頬張りながら、パラがその話題を切り出した。

いつもならミッキーが元気よく答えるんだけど、彼女は今リスのように口の中をパンでいっぱいにしているので私が代打を引き受ける。

「うん、もう半分書いたよ。自分のことと違ってさらっと書けちゃう」

「さっすが宮里ちゃん。私、実は全然書いてないからちょっと参考に見せてよ」

「途中で見るのは反則！」

コロネを飲みこんだミッキーがホイッスルを鳴らす。パラは「ちぇっ、ひっかからなかったか」と楽しそうにスーパーカップを掘った。

「いやあ、宮里ちゃんの心中気になるよ、どんだけミッキーは馬鹿だと思ってるのか読みたいよ」

「エルはそんなこと書きませんー！」

「そうだよ私ミッキーのこと馬鹿なんて思ってないよ、ちょっとこの子やばいなって思ってるだけだよ」

「えええええええ！」

私の冗談にミッキーは天井を仰いで「や、やばいって言われた」といつかの劇みたいに呟く。もちろん本当にショックを受けてるわけじゃないんだろうけど、フォローはちゃんと入れておきたい。

「冗談冗談、まだミッキーのは書いてないんだけど、変なこと書く気なんてないから十年後渡してもいいくらいだよ」

本当になんの悪気もない、フォローのつもりで言った。

でもだからってなにもう、私ってやつは。

ちょっと、皆と気楽に喋れるようになったからって、どうしてこう、なんの考えもなしに言っちゃうんだろうって、あとから思ったってもう遅い。

「お、じゃあ、そうする？」

パラが冗談のつもりでうってくれたのだろう相槌。私はそれにまた「冗談冗談」と返せばいいとでも思った。

でも、会話っていうのは、水たまりみたいに、一つ一つが途切れてて、それぞれを見て一歩を踏み出していく、その動作を繰り返せばいいわけじゃない。

もっと大きなもの、例えば川みたいなもので。

「あ！　そうする!?　そうしようか？　そっちの方が面白い！　ははっ」

皆で流れを作り出し、その流れに逆らうには大きな力が必要だってことを、私はあんまり分かっていなかった。

「うんうん、それがいい！」

ミッキーは目を爛々（らんらん）と輝かせて、何度も何度もうなずいた。予想外の方向に流れ始めようとする会話に戸惑い、私はどうにかその流れに逆らおうとする。

「で、でも、見られたくない本音とか、ミッキーもあるんじゃ」

「ううん、私は別にないよ。全部言える。恥ずかしいってのはあるかもしれないけど、十年後でしょ？　本人だけなら全然平気」

答えに、私は絶句してしまった。

知ってたけど、今さらながら、再確認する。

この子は、このミッキーという子は本当に、なんて、澄んでいるんだろう。

きっと、本当に全部聞かれても見られてもいいと思ってるんだ。

自分の心に、きちんとした自信があるんだ。

あまりに眩（まぶ）しいミッキーに言葉を失ってしまった私は、思わず、パラを見る。すると、パラは京くんを見ていた。そうだ、これは元々京くんとミッキーの為のアイデアだった。だから、京くん次第だとパラは思ってるんだろう。京くんがもしいいと言うなら、と。

私も京くんを見た。私が彼の表情からなにかをうかがい知る前に、ミッキーの大きな、透き通った声が矢印と一緒に京くんを貫いた。

「京くんは、どう？」

それはきっと、この遊びのルールをどうするかという以上の意味を込めてのものだったろう。だから私は京くんがどう答えるのか、それを心の底から心配した。ただ、自分の心に嘘をつきませんようにと、そう思った。私はそう、例えば、京くんがミッキーの提案にいつもの通りに頷いて、手紙に嘘の気持ちを書いてしまうことを心配したんだ。

けど、実際には、そんな風にはならなかった。

「……嫌だ」

その声は、小さかった。けどミッキーにはちゃんと届いたと思う。京くんは戸惑いを隠せてないまなざしで、はっきりとミッキーの目を見て首を横に振った。

京くんはすぐにミッキーから目をそらしてこちらに向けたけど、彼の言葉には流れを止める力があった。それが誠実な、心からの拒否だということが誰にでも分かったから、私は怯えた。ミッキーが気を悪くしたらどうしようと、人と人との衝突が怖いということ以上に、ミッキーの心が、矢印が、少しでも形を悪い方向に変えてしまったらどうしようと、怯えた。

「んー、そっか」

ミッキーは残念そうだった。唇を尖らせて本当に残念そうだった。そして、少し、傷ついてもいた。それからパラがいつものようにおどけて会話をいつもと同じようなものに戻したけど、ミッキーと京くんはそれから一度も会話をしなかった。

帰り道、ミッキーと別れて私は、今日はまだ形を変えていなかった矢印が明日もその形を保っていますようにと心から願った。

パラと京くんと私、三人での帰り道、パラがまず口火を切った。

「拗ねてるだけで明日にはころっと忘れてるから気にすんなよー」

なんでもないことのように笑いをにじませながら言う。京くんにとってなんでもないようなことじゃないと分かっているから、そうしているんだ。

京くんは「んー」と言った。

「いや、見直したぜ。あそこで頷いて、あたりさわりのないこと書いて十年後渡すって出来たのに、やだってちゃんと言うなんて。やるじゃん」

私もそう思う。でも、そう思うのは京くんの気持ちを知っているからだ。知らないミッキーからしたら、京くんはミッキーに対して何か良からぬことを思っていてそれを知られたくないから断ったのだと、捉えているかもしれない。だから、あのあと結局、最後まで京くんと直接の会話をせずに別れたのかもしれない。

京くんはまた「んー」と言う。

きっと、パラの慰めの言葉を聞いてはいるんだろうけど、噛み砕く余裕がないんだろう。彼の心の中はきっと今、暴風雨のようにぐちゃぐちゃになってる。私や京くんはそういう子だ。些細な誰かの言動に心を揺らし、それが形となって表れでもしたら、中身の色を教えてもらう前にしっかりと傷を受けてしまう。

そんな時、自分ならどんな言葉をかけてもらいたいだろう。ミッキーのように、パラのように、ヅカくんのように。どれも自分には出来ない。だからかける言葉を思いつけないまま、慰め役をパラに任せてしまった。

でもやがて私達は岐路に立つ。人生の、とかじゃなくて普通に家のある方向の問題で、私と京くんはパラと別れなければならない。

Y字路に立って、いつもなら手を振ってかろやかに去っていくパラが逡巡したのが分かった。けれど気を遣い過ぎることが京くんの負担になると考えたのだろう、一度のアイコンタクトののち、パラは「それじゃあまあたねーん」と手を振って行ってしまった。

一瞬、風景が透き通るような沈黙の後、京くんが私達の家のある方向へと歩き出した。私もついていく。

慎重に、言葉を選ぼうと思ったのだけれど、数歩進んだところで、京くんの方から会話を振られた。

「大丈夫だよ」

ぎこちない笑顔で言うもんだから、鼻の奥がワサビを食べた時みたいになった。苦手だ。

「多分なんだけど、嘘でしょう？」

その質問には答えてくれず彼はまた「んー」と言った。私は、質問を重ねた。

「ちょっと訊いてもいい？」

「なに？」

答え自体を求めたのではなくて、京くんにとってそれがどれほどのものだったのかを知りたかった。

「どうして、嫌だって言ったの？」

答えてはくれないと思った。そしてその予想は半分外れて、半分当たった。

京くんは、私の問いに正面から答えてはくれなかった。

代わりに、全く関係がないようで、実は、この問題の真裏にべったりと張り付いていたことがらへの回答をここで出そうとした。

「志望大学、変えないことにするよ」

え、という声すら出せずに、思わず立ち止まってしまった。暴風雨の中ですら、耳を澄ましてくれている優しい京くんは、数歩先で立ちどまって振り返り、また笑顔を作り上げた。

「決めたんだ」

「ど、どうして？」

今回の京くんの「んー」は、それで終わりじゃなかった。

「やっぱ無理だなって思って」

「確かにちょっと偏差値高めだけど」

本当は違うって分かってた。偏差値とか成績とか、今の私達にとって大事だけど心底くだらないことの話なんてしてないっていうのははっきりと分かってた。だけど、言葉が気持ちを導くことだってあるから、馬鹿なふりをした。

意味は、なかったけど。

「どうするんだろうって、初めてちゃんと考えたんだ。手紙を書くって、なってさ。でもやっぱり無理だなって思った。僕なんかが」

京くんはそこで息継ぎをしたわけじゃない。その先の言葉はもう口に出してはくれないと分かった。怖くて、理解しているけど認めたくなくて、口には出来ないんだと分かった。

「宮里さんにしか言わないけどね」

その言葉の意味を私は知っている。京くんは共感を求めて私に言ったんだ。宮里さんになら分かるよね？　って。残念ながら私には、彼の心境に近いものを想像することが出来てしまった。自分なんて、自分なんか、そんな風に思いながら私だって生きて来たから。もちろん他の皆にだってコンプレックスがあることくらい知ってる。でも、私や京くんはどうしてか、生まれつきかなんなのか、その部分を大変に大きく持ってしまった。

だから、分かる。でも、分かったからと言って、それを認めることだけが友達なんだとは、もう思わなくなっていた。京くんや、他の皆と友達になって知ってしまった。

「駄目だよ」

息を大きく吸い込んだ。

「あ、諦めるなら、ちゃんと諦めなよっ。見せないなんて、言わないで、な、なんとも思ってないって書いて、今すぐミッキーに渡しなよっ」

声が上ずって、震えた。出過ぎたことを言ってると思った。私なんかが。

「私に言ったって、意味、ないよ」

実は京くんの言っていることは事実として間違っていたから、そこを否定すれば京くんの気持ちを塗り替えることなんて簡単だった。私が嫌われればいいだけのことだった。その手を使わなかったのは、決して自分が嫌われたくないなんていう気持ちでじゃない。ただ、なんの決心もせずに願いを叶えてしまったら、ただの惰性で叶えてしまったら、これまで京くんがずっと向けてきた矢印があまりに無味になると思った。その大きな気持ちは誰かから勝手に叶えられていいようなものじゃないはずだった。

「京くんがそんな気持ちじゃ、十年後、集まれなくなっちゃうよ」

似てるから、分かる。このまま京くんが自分の気持ちに嘘をついて、決着をつけたようなふりをして、もしミッキーとただの友達を続けられたとして、きっと彼は十年後、タイムカプセルを掘り起こしには来ないはずだ。タイムカプセルの中に詰め込んだ、自分の後悔を覗きになんて、来ないはずだ。

そうか、もしかしたら大人達は、タイムカプセルを埋めた場所を忘れたふりをしてるだけなのかもしれないと、ふと、思った。

押し黙った京くんの言葉を待つ時間は本当に怖かった。決心をして並べた言葉も、振り返ってみれば、改めて私なんかが言っていいことじゃない気がして、後悔がせり上がってきた。

後悔と不安と少しの諦め、まるで片想いみたいな心を抱いて私達は生きているんだなぁなんて、そんなことを思った時、京くんは困ったような顔から一転、大きな生き物に怯えているような顔で私をじっと見た。

京くんは、言ってはいけないことを口にする時みたいに、少しだけ言葉に空気を混ぜた。

「宮里さんのおかげで、仲良くなれてさ」

私のおかげなんかじゃないと思ったけど、彼の言葉を聞くためにこくりと頷く。

「もう十分だって何度も思うんだ」

それじゃあ駄目だって、私が口を開く前に、彼が続けた。

「でも、その度に毎回、思う」

何を？

「もう十分なんて、本当は嘘なんだ。仲良くなったら、満足するんじゃなくて、どんどん、どんどん」

好きになる、と続くはずだったのだろうけど、その言葉は外に出ては来なかった。ほっとした。それこそ、私に言うべきことじゃない。

私は京くんの表情の意味が分かった。たくさんの怖いものの中で、特別に何を怖がっているのかが分かった。彼は、自分の気持ちを怖がっている。十分だって言い聞かせても、言うことを聞いてくれない気持ちがどこに行ってしまうんだろうって。行き先は、本当は一つしかないのに。その行き先が、あまりにも遠く感じられて、あまりにも深く感じられる。

「どうしたら、いいんだろう」

心の底を探ってみたらそれしか言葉が見つからなかったという様子で京くんは言った。

私は、彼へのアドバイスなんてそんな大それたものは持っていなかった。

「分かんない、けど、私の思うことを、言ってもいい？」

きちんと確認すると、京くんは優しく頷いてくれた。

「あの子は、ちゃんと喜んでくれると思うし、ちゃんと悩んでくれると思う」

そんな月並みな少女漫画にでも書いてありそうな台詞を、言ってから思った。そんなこと、京くんだって知ってるだろう。知っていて、なお、怖いんだ。

私達は二人で悩みながら、とぼとぼと同じ方向に向かって歩いた。

今日は歩きだったから、家の前まで送ってもらうこともない。やがて私達は岐路に立ち、立ち止まった。

なにかを言わなきゃって思ったんだと思う、私の口から言葉が滑り落ちた。

「ミッキーを他の誰かに取られるの、やだな」

心の底からさらってきたような本心だったけど、それは京くんのプレッシャーにしかならないような言葉で、どうしてそんなことを言ってしまったのかと、私はすぐに後悔した。けれど、どこかで、本心を言えてしまえたことを嬉しくも思っていた。

場違いな明るい気持ちのかけらが、京くんにも伝わってしまったのかもしれない。彼は少し笑って、「僕はいいの？」だなんて言ったから、私はすぐに頷いた。

その日一番困ったような顔をした京くんに手を振り、私達はそれぞれの家に帰ることにした。

夜、いつもの就寝時間になっても眠れなかった私は、手紙をもう一枚、書き上げた。

ミッキーへ
あなたは人の心を変える力を持っています。ミッキーは本当に気がついていないかもしれないけど、ミッキーが去年うちに押しかけてきた時、最初は本当に嫌でした。仲良くもないのに突然ぐいぐいくるから本当になんなんだろうこの子はと思いました。図々しくて人の気持ちが分かんない子なんだと、そう思っていました。でも私と仲良くなりたいと、真っすぐな目をして言ってくれたあなたを信じてみようという気に、いつの間にかなっていました。信じて良かったと、そう思っています。友達になって気づいたのは、元気いっぱいで嫌味がなくてヒーローになりたい女の子って可愛すぎってことです。それで美人で運動も出来て。ずるい。でももちろん良いとこだけじゃない。ミッキーにはダメなところもいくつもあります。友達だから知ってます。だけど、それも全部含めて、多分、私が男の子だったらミッキーを好きになってしまっていたと思います。もう一回書きます。ずるい。ミッキーはヒーローです。皆が、ミッキーを信じたくなってしまう。例えば、自分に自信がない男の子はミッキーみたいな人気者を好きだなんて簡単には思えなかったりすると思います。でも、ミッキーなら、真剣な想いを馬鹿にしたりしないんじゃないかって信じて、安心して好きになれるんだと思います。そういう所も含め、私達はミッキーのことが大好きなんだと思います。最後に今の気持ちを率直に書きます。鈍すぎるんだよ！　ばかっ！

学校だっ！　目覚まし時計を見て飛び起き急いで制服を着たところで、気づいた。そういえば今日は先生達の都合で補習が休みなんだった。それで一時間遅くアラームを設定してたのを忘れてた。

制服を脱ぎ、お母さんが用意してくれた朝ご飯を食べながら、今日補習が休みというのはあまり良くないんじゃないかということに気がついた。いつもなら、休みの日は自然と図書館に皆が集まる。ヅカくんは部活の都合でいたりいなかったりするけど、図書館に行けば大体皆に会える。それは今まで皆が偶然にも自分の意思で図書館に足を向けたからだ。明日図書館で会おうなんて言っていないのだから、来なくたってそれは普通のこと。けれど例えば誰かが来なかったとして、気にしないでいられないくらいに私達の図書館通いは習慣化している。「いつもしてるから」という道しるべ一つで、私達は簡単にその日の行動を決定できる。それはすごく楽で心を穏やかにしてくれる道しるべだ。

だから、もし今日誰かが来なかったら、それは習慣に逆らうような事情か、もしくは意思があったということで、どちらにしろ不穏だなぁ。

どうか四人、出来れば五人揃いますように。そんなことを願って家を出て、いつもは自転車で行くんだけどなんとなく歩いてみることにした。

天気が良かった。というかいつもより暑かった。すぐに自転車で来なかったのを反省しながら水分補給をし、まっすぐ図書館に向かう。道中、京くんに会えればいいのにと期待した。別に自転車の後ろに乗せてもらおうとかじゃなくて、二人ならまだ心強いんじゃないかと考えたし、彼が来ないかもしれないという不安は早く消しさっておきたかった。でもやっぱりこんな日に限っては会わなかった。

誰とも会わない一人の時間、どうせなのだからと、考えるべきことはたくさんあった。例えば私立はいくつ受けるのか、とか。

なのに大小様々な悩みの中から、私が悩もうと選んだのは何故か、今まさに直面していることではなくて、小さな頃からずっと疑問に思って来たことについてだった。

どうして、ということもない。最近特にその現象の機微を観察しているからか。

何ヶ月かに一度、なんでなんだろうと思う。普段はあまり気に留めないのだけれど、昨日のことで特に敏感になっているんだろう。すれ違ったカップルの様子を見て改めて疑問に思った。

どうして、私には人の恋心が見えるんだろう。邪魔だと思ったことはないけど、役立つなんて思ったこともない。

いつか自分以外の人にあの矢印が見えていないんだと知った時の衝撃ったら、世界中の色が違って見えるような気さえした。

変な子だと思われないようにって、そっとそんなものは見えていないという風に生活をして来た。

けれど、はっきり見えている。

数ヶ月前から始まった彼女の変化も、はっきりと見えていた。

『ぜんっぜんタイプじゃないのそんなんじゃないのだからそういうことじゃないんだよ！』

なんて真っ赤な顔をした彼女が言ってたのが、二月頃。

『いや、あの、うん、や、違うんだって。ただ、いや、うん、違うよ』

なんてもじもじと言ってたのが、三月頃。

『告白されたらさ、ドキドキするはずじゃん。なのになんでだろ、あんまドキドキしなかったな。それだったら、彼から鈴を貰った時の方が』

なんて本当は自分でも答えを知ってるんだって顔をして言ってたのが、四月頃。本人には私に打ち明けてるような気がまるでないみたいだ。

可愛過ぎるっていうのはともかくとして、その顔を見るだけで分かりそうな彼女の変化は能力のある私にはもちろんまる分かりだった。まる分かり、なだけなんだけど。

残念ながら、こんな能力を持ってても私に出来ることなんて精々応援くらいのものだ。私なんかじゃなくて、もっと可愛くて明るい子がこの能力を持ってたら上手く使えたろうに、神様ももったいないことをする。

だからこそ、たまに考えるんだ。いつかこの能力を使って誰かの役に立てることがあるんだろうか。神様は、私にどんな仕事を与えたくてこの能力をくれたんだろうか。

そっかつまり、私の大小様々な悩みっていうのは結局一つのことに過ぎないんだ。未来の自分について想像がつかないことも、進路を決められないことも、能力の正体が分からないことも、ついでに自信がないことも？

それらは結局、自分は一体誰なんだろうっていう大き過ぎる悩みに着地する。

十七年間考えても答えの出なかった悩みが更に大きな悩みに吸収されてしまった。

誰だか分かんない相手に向けた手紙なんて、書けるわけがない。

当然十五分やそこらで答えが出るわけもなく、歩いているとすぐそこに図書館が見えて来た。

そういえば能力を仕事に使うなんて考えたこともなかったけど、もし有効利用するならどんな職種がいいんだろう。んー、縁結び。結婚相談所とか？　ややや、しないしない。誰かの人生を左右するかもしれない仕事なんて、私の心臓じゃいくつあっても足りない。

図書館の入り口に立つと、自動ドアが開き冷たい風が全身を通り抜けた。気持ちいい。一階には大きな受付カウンターとたくさんの本達が並んでいて凄く楽しそうだといつも思う。受験生である私が行かなきゃいけないのは自習スペースのある二階だ。まだ午前中なので大きなフロアの三分の一ほどを使った自習スペースでは余裕を持って席を確保出来る。どこにしようかなと辺りを見回して、私はすぐ、彼に気がついた。

なんだか普通に話しかけるのが恥ずかしくて、理由は当然昨日の別れ際の会話なんだけど。メモ帳を一枚破ってから『おはよう』と書いたものを、後ろからそっと近づき、彼の座る窓際の四人掛け席に落とした。

我ながら妙に気障（きざ）な登場をしてしまい余計に恥ずかしくなっていると、京くんはこちらを見てにこりと笑って私が落としたメモに『おはよう』と書いてくれた。

昨日のことを下手に掘り起こすようなことをせずに済んで、私達はしばらくの間、穏やかにそれぞれの時間を過ごせた。

二十分くらいが経った頃には、心の準備もなんとなく出来て来た気がして、これならある程度の事態には対応可能かもしれない、だなんて、そんな私の間違った自信はすぐに踏みつぶされた。

でーでん、でーでん、なんて効果音も私達の背後で鳴っていたかもしれない。

怪獣が、来襲した。

昨日はヒーローだなんだと書いたくせに申し訳ないんだけど、本当に怪獣が来たのかと思うくらいどきーんとした。

静かな自習室、彼女が目の前に現れた時、思わず私は声を上げそうになった。

京くんの横、私の正面に座ったミッキーはいやにニコニコとしていた。いつもの機嫌がいい時とは違う、過度な笑顔で、私達の筆談を見つけた彼女は自分もすらりと『おはよう』を書いて見せた。

別に彼女の笑顔に驚いたんじゃない。そこはミッキーも女の子、笑顔も素敵だっていうのはしっかり言わせてほしい。

私を驚かせたのは、私にしか見えないものだった。

こんなにも攻撃的に尖った矢印を、私は、生まれてこのかた見たことがなかった。

一体、ミッキーのなにがそうさせているのか。彼女の登場だけで緊張してしまっている様子の京くんと彼の曇りない矢印を横目に見ながら、ひとまずミッキーに笑いかけてみた。

ミッキーは私の笑顔にもそのニコニコを向けてきた。怖い。

なにかが起こりそうな予感がぴんぴんに張りつめていた。頼むからその前にパラかヅカくんに来てほしい。

そんな気弱なことを思ったのはいけなかったのかもしれない。暴走機関車ミッキーの突撃を止めるのに、私の気持ちは脆弱すぎた。

ミッキーはせっかく自習室に来たというのに、勉強道具を広げようとはしなかった。どうしたんだろう。静かな自習室、私の心の中の疑問さえ伝わってしまったようだ。その疑問に答えるようにミッキーは、ようやく筆箱を取り出すと、一緒に、勉強道具ではなく、ピンク色の便箋を一枚取り出した。

私の頭の上には漫画のように疑問符が浮かんだかも。

何をする気なのか。考えていると、ミッキーは隣で勉強するふりをしていた京くんの肩をつついて目を向けさせ、便箋を指さした。

そして、書いた。

『京くんへ。』

私は、声にならない悲鳴をあげた。もし私の感情を表すバーがあったら、激しく右に左に傾いていたと思う。

ミッキーは、まだニコニコと笑っていた。パラならもっと上手くやるだろう。ミッキーにそんなことは出来ない。

少し分かってきた。ミッキーの妙な笑顔の理由。

彼女は無理やりに何らかの感情をその笑顔で塗りつぶそうとしているんじゃないだろうか。

哀しみとか怒りとかそういうあんまり良くない感情と京くんへの想いがからまりあって、彼女の矢印を私が見たことのないものに変えてしまったのかもしれない。

京くんは、固まってしまっている。目の前で、自分宛ての手紙を書かれようとしてるなんて、どんな気持ちでいればいいか想像もつかない。

こんな直接的で、当てつけのような行動をミッキーが取って来るなんてことも想像もしてなかった。

どうしよう。私は考える。ここで、こんな形で真意が伝わってしまってもいいものなのか。でも、ここで無理矢理止めて、ミッキーの心がまた悪い方向に動いて行きはしないか。

どうしようどうしよう、考えていて、ふと、疑問がよぎった。

あれ？　ミッキーは、そんな子だっただろうか。自分の意見が通らなかったからって相手を困らせると分かってる行動をとるような、ミッキーはそんな自分勝手な人間だっただろうか。

それとも人ってやっぱり心の内は分からないものだったのかな。

焦（あせ）りであらぬ方向に飛んだ私の考えをしり目に、ミッキーは一度深く息をついて、本文の欄にペン先を押しあてた。

同時に、がたりと音を立てて、京くんが立ち上がる。その音は周囲にいた人達の注目を一瞬だけ奪ったが、すぐに図書館の一部として受け入れられた。

受け入れなかったのは、ミッキーだけだ。

彼女は首を傾（かし）げ、机の上にあったメモ紙に、『どうしたの？』と書くと京くんに差し出した。怖いってばっ！

他に目のやり場もなくメモ紙を見ていると、京くんは、自分のペンを取ろうとして一回カチャリと落としてから持ち直し『トイレに』と書いた。それに対し、すかさずミッキーは『待ってる』と書いた。怖い怖い怖い。

ひくつく獲物の表情も、震える肩も、お構いなしに過激な笑顔を向け続けるミッキーからひとまずの逃亡をはかった京くんの背中を見送って、私は正面に勇気を出してずいっと体を乗り出した。

「な、なな、なにしてるの？」

舌を噛みそうになりながら小声で訊くと、ミッキーは京くんの背中に向けていた目を私にむけて、笑顔のまま、ペンを握った。

『大したことじゃないよ！』

見てすぐ、いやいやいやと首を振る。そんなことないでしょう。

私の表情と首の動きを見て薄い唇から控えめにふき出したミッキーは、更にペンを走らせた。

『かくしごと、はっきりさせに来た』

隠し事？

ミッキーは私の疑問に答えてくれるようにさらりと書き足す。

『もう、知ってるから』

私の心臓の音が図書館内に響き渡るんじゃないかと思うくらい強く鳴った気がした。

知ってるって、なにを？

鼓動の速度がどんどん上がっていく。頭の中を濁流みたいな考えが流れて、なにも言えないまま、あうあうと口を開閉してると、横目に京くんが見えた。

ちゃんと戻って来てくれたのが良かったのか、まだ分からない。

ただ彼の目が、私達の会話のあとを捉えて、極めて動揺したのは分かった。隠しておけば良かったと思っても、仕方がない。

隣に京くんが座りなおすと、ミッキーは待ってましたとばかりに、ペン先を便箋に向けた。私は慌てて、『まって』とメモ紙に書き足した。そもそもどうして「待って」くらい口で言わなかったのか。動揺がおさまらず、なにがなんだか分からないけど、一つだけまず確認した方が良さそうなことがある。

『私、ここにいて大丈夫？』

書いてから、ミッキーの目と、京くんの目を見る。ミッキーは、一度考えるように顎（あご）に手をあてた。京くんは、二度小刻みに頷いた。

やがて『大丈夫』とミッキーが書いたのを見て、一度ぐっと目をつぶり、私は決まりそうにない覚悟を決めたことにしておいた。

知ってる。知ってる。知ってる。

何度考えても、京くんの気持ちを、ってことくらいしか思いつかない。だって、私か京くんがミッキーに隠していることと言えばそれと、私の能力くらいのものだ。けれど、私の能力なんて喋らなければばれるはずがない。

もし私の予想通り、ミッキーがもう京くんの気持ちを知っていて、もうお互いの気持ち確かめ合っちゃえばいいやなんて思っているとしたら、とりあえずバッドエンドにはなりそうにないけど、どうだろう。怒ってるように見えるのは、じれったいって思ってるだけとか。

いずれにしろ結末は、ミッキーの握るペンが知っている。私が力ずくで止めるわけにも行かず見守ることしか出来ない。もしも力ずくで止めるというなら、それは京くんの仕事だ。もちろんそんなことを、京くんがするはずないことも知っている。

ついに、ミッキーのペン先が便箋にふれ、インクは紙に点として溜まるのを待たず、線を作って、文字を作った。

『君は、私を』

書けたのは、たったそれだけだった。

私は驚いた。ミッキーも驚いた。

京くんも驚いた顔をしていた。それはおかしなことだけど、彼の表情の意味が私には少しだけ分かった。自分が、そんなことをするとは思ってもみなかったのだろう。

ミッキーがペンを握る手、その上に、京くんの手が覆いかぶさっている。彼は慌てて手を引っ込めたものの、やったことがなしになるわけではない。手を開いたり閉じたりしながら「ごめん」と本当に小さな声で謝罪した。

しばし呆然としていたミッキーは、それでも三人の中では一番早くに正気を取り戻した。そこらへん経験がものを言う。彼女はメモ紙に『どうしたの？』とつづった。

京くんの目の前にも彼のペンがある。なのにわざわざ、ミッキーは自分のペンを彼に差し出した。

そのペンを見つめた彼は、観念したように受け取り、メモ紙に、よく考えたのだろう言葉を書いた。たった、三文字。

『やめて』

その三文字に込めた京くんの心を想像して、色んな感情が渦巻き、何故だか、涙が出そうになった。もちろん、ぐっとこらえる。

ミッキーは隠さずにむっとした顔をして、ペンをうばいとり、『どうして？』と書いて彼にまたペンを差し出した。

答える京くんはミッキーの方を一切見ようとしなかった。その顔は、叫び出したいのを押し殺してるように見えて、なんだかもう、全部、もう、やめてほしいと思った。

『ごめん』

ペン先がつむぐ京くんの言葉は謝罪から始まった。

『三木さんが、気づいてるかもしれないって思ってた。だから、それをわざわざ言いに来てくれたのは、ありがとう。区切りをつけに来てくれたんだと思う。でも、迷惑をかけたくないし、いいんだ。大学も三木さんと同じところを受けるつもりはないから。安心して。僕なんかが、ごめん』

謝罪で終わった、京くんの告白に、私は心底驚いた。京くんが、ミッキーの感づきを知っていたことに。そして、もうそれを知られているのに、京くんが押すのではなく、引き下がるようなことを言ったのにも。

ただ、最後の一文の意味だけは、私によく分かった。僕なんかが、と、ごめん、の間に入る言葉は、好きになって、だ。そこだけは、よく分かった。

一体、ミッキーはどういう反応をするんだろうか。京くんの書いた文章を読む姿を見守った。私は、願わくば、彼を傷つけないであげてほしいと思った。どういう意図で今日、本人の前で手紙を書くなんてことをしようと思ったのかは全く分からないけど、でも、ねじれていなければ、おかしなことにならなければ、二人はきっと、

「ごめんって、なに？」

それはここが図書館であることとなんて、一切を忘れたような、ミッキーの声だった。別に攻撃的な言葉でもなんでもないのに、その声は私を震え上がらせた。

怪獣が、火を噴いたのかと思った。

「ねえ、ごめんって、なに？」

怒っていた。腹を立てているミッキーや、むかついているミッキーは今までに何度だって見たことがある。けど、きちんと怒っているミッキーを私は、初めて見た。

「そんな奴だと思わなかった」

その声も、椅子を鳴らして立ち上がった乱暴な音も、もはや図書館の風景の一つというには異質すぎて、ミッキーは周りの視線を集めていた。それでも彼女はもちろん、というべきか、気にすることなんてなくて、机の上のものを自分の鞄に詰め込むと、最後に便箋をぐしゃりと握りしめて、机の上に放った。

ミッキーはそれ以上なにも言わなかった。最後に私の方を一度だけ見て、大きな足音を立てて速足で、行ってしまった。

階段を下りていく背中を、私と京くんは呆然と見送った。そうして目を見合わせて、十数秒、停止した。

その十数秒の間に、お互い色々なことを考えただろう。どうしてミッキーが怒っているのか、去り際の言葉はどういう意味だったのか、京くんのどの言葉が彼女の逆鱗(げきりん)に触れたのか、今、どうすべきなのか。

一つも答えなんて出なかったけど、気がつけば口が動いていた。

「行って」

え、という顔をする京くんに、私も、ここが図書館だと忘れてしまった。自分が何者だとか、自分なんてとか、出過ぎたまねとか、そういうことも全部、忘れた。

「ミッキーを追いかけて。今、行かないと、絶対にだめっ」

周りの視線を集めるとか、そんなこと絶対にしたくなかったはずなのに、大きな声を出していた。京くん一人に届かせるために。

そこから更に数秒、京くんが停止して、立ち上がってから追いかけて行くまでを私は黙って見送った。

そうして周囲の目にさらされながら、肩で息をして、私は唐突にあることを思った。

ここだったのかもしれない。これから先の人生で、何が起こるかは分からない。でも、今日、この時の為に私は、他の人が持っていない能力を持って生まれて来たのかもしれない。

私が京くんに断言出来たのは、他でもない、見えていたからだ。まだ、ミッキーから伸びる矢印が、変わらず京くんに向いていたのが見えていたからだ。

私は祈った、前みたいに京くんの行った方向とは反対側を向いたりせず、今度は、彼の背中にきちんと私の想いも載りますようにと、願いを込めて。

それから私は席を立ち、周りの席にいた人達に何度もお辞儀をしてから、その場を離れた。二階にいた司書さんにも謝って、一階に下りると、そこに二人の姿はなかった。

代わりに、ちょうどそのタイミングで自動ドアを開けて入ってくる見知った影を見つけた。

速足気味に歩み寄ると、すぐに気づいてくれたヅカくんは、爽(さわ)やかに笑って「お疲れ」と声をかけてくれた。二人のことを知っているのかは分からなかったけれど、彼のいつも通りの様子に安心した私は思わず、大きなため息を漏らしてしまった。

京くんへ

今日のお昼にあったこと。それに対する、誰に言うにも具合の違う私の想いをまず書きます。京くんは十年後これを読んで、自分達がどれだけ私に大変な思いをさせたか思い出せばいいです。絶対いじってやるから。

さて、あなたの大好きな、暴走勘違い怪獣ミッキー。彼女は馬鹿です。本当に。できれば直接言ってあげたかったけど、今日はそれどころじゃなかったので。

この際はっきり言うけど、京くんも馬鹿です。だから今回の話は、二人の馬鹿が上手くかみ合っただけにすぎません。それだけのことで私達をあわてさせた責任をとって、大人になったら焼肉を奢ってください。

まず京くんの馬鹿な所を書きます。あなたは色々なものを小さく見積もりすぎなのです。私が図書館で色んな人に謝らなければならない理由を作った、あなたの秘密。「三木さんが僕の気持ちに気がついている」という勘違い。あなたはミッキーの鈍さをあまりに小さく見積もっていました。あの子はそんなことに気がつくほど勘が良くありません。その勘の鈍さは、彼女の中の思い込みが進めば進むほど重症になって行きます。今回のようなことを引き起こさないためにも、十年後のあなたはきちんとそのことを理解していなければなりません。

ミッキーの鈍さの他にも、あなたが小さく見積もり過ぎてるものがあります。これもかなり重要なことだと思うので、心して読んでください。あなたは、自分のことを過小評価しすぎています。いえ、分かります。人と関わる時、「僕なんか」「僕なんて」が付きまとう。私もそうだから、分かります。それでも、あなたは、自分がここにいてもいなくてもいい存在だなんて思ってしまっている気がします。それは私とは違います。私のは、嫌われたらどうしよう。あなたのは、僕なんてどうでもいい、これは、全く違うものです。

私だって、自分に自信なんてひとかけらもありません。でも、ミッキーやパラやヅカくんや京くんが友達になってくれたおかげで、少しずつ、本当に少しずつ、自分が皆と一緒にいてもいいんだって思うことが出来てきました。十年後までにはもっときちんとした自信を持てるようになれていればいいなと思います。だからあなたも十年後までにはそうなっておいてください。これも、今回のようなことを引き起こさないために、です。

私は、今日のことがあって気づきました。私達はひとりひとり性格も好みも考え方もまるで違うように、ひとりひとりにそれぞれ別の役割があるんじゃないかって。

それぞれが、各仕事（かくしごと）を与えられて、そうやって皆が支え合っているんじゃないかって思い始めました。自分が周りの皆に何をしてあげられているかはまだあんまり分からないけど、一緒にいるからには、少しでも何か出来ることがあるのではないかと信じてみようと思います。そうしてこれからもっと、皆にしてもらっている色々なことへのお返しをしなければと思っています。私が皆にしてあげられることがなんなのか、それが、自分は誰なのかという問題の答えのような気がします。ひとまず今日は二人の代わりに図書館の人達に謝りました。

京くんが私にしてくれていることだってもちろんあります。京くんは、私にとって一番話しかけやすい友達です。こんなこと他の人からしたらなんでもないことかもしれないけど。私にとって話しかけやすい人がいてくれるなんて、中学生までにはなかったから、とてもとてもありがたいことなんです。京くんはよくヅカくんやパラやミッキーに絡（から）まれてますね。話しかけやすいということは、ちゃんと話を聞いてくれるっていう小さくて大きな京くんの優しさを皆が知っているんだと思います。それに気がつかないことも含め、あなたは馬鹿です。

そんなあなたが自分を遥（はる）かに超える馬鹿を好きでいるというのだから、私達は応援せざるをえません。

図書館での一連の出来事、私は本当に怖かったんです。二人の仲が、私達全員の関係が変わっちゃうんじゃないかって。なのに、誤解が解けてみれば、ミッキーがなんと言ったか十年後のあなたは覚えていますか？

　彼女は、手紙を十年後に交換する提案を拒否された時、こう思ったんですって。「京くんはエルに手紙を十年後に見られたくないんだ」。その理由はこうです。「断る時にエルを見たし、それに京くんはいつもエルといる時だけリラックスして楽しそう。彼はエルのことが好きなんだと思った。ひょっとして両想いだったら邪魔出来ないと思った」。その勘違いの後、彼女は「だから私の片想いはもう終わったと思って受験勉強にも良くないし区切りをつけようと思った」。「そしたら京くんが私の話を聞きもせずに同情した感じでふってきたからぶちぎれた」。全部間違ってる！　馬鹿か！　恋愛の話をふられて慌ててたのもてっきり照れてるのかと思ったら京くんと私に気を遣ってたなんて思いもしない。

　ただ、京くんも悪いです。手元にあの時のメモがあります。そこにあなたが「自分の想いはもうミッキーにばれている」と勘違いして、彼女に宛てた文章がありますね。これが上手い具合に、自分にほれてる女の子を上から目線でふる男の手紙に見えないこともないんです。馬鹿か！　同封するので身もだえしてください。

　随分と長くなってしまいました。今日のお昼の高揚のままこの手紙を書きました。十年後、受け取ってください。

色々と言いましたが、あなたに今言いたいことは本当はこの一つだけです、直接は恥ずかしいから言いませんので、ここで読んでください。

どうぞせいぜい末永くお幸せに！

「んで、結局、一件落着かあ」

昨日はいなかったパラと二人で歩く帰り道、私達はアイス最中を半分に分け合った。彼女は昨日、急に親戚が亡くなり家族に連れ去られたのだそうで、図書館には来なかった。ことの顚末は既にミッキーから昼休みに聞かされたみたいだ。

「いいなあ、そこにいたかった」

「楽しいものじゃなかったけどねえ」

「これで本当にあいつら大学に落ちたら笑ってやろうぜ」

前にパラが似たようなことを言った時は、苦笑いをしてしまったものだったけれど、今回は私も「うん笑おう」と強く頷いた。

「わ、宮里ちゃんひどーい」

「だって馬鹿に付き合うのに疲れたんだもん」

ぎゃははっと笑ったパラはその後、冗談も目的もない口調で「しかしよかった」と呟いた。ほんの少しだけ滲んでしまっていた寂しさに、私は気がつかないふりをした。

「ま、でもここが始まりだからね。あいつら次第だ」

「そうなんだよね」

そう、始まりだ。二人だけじゃない。ここから私達は一年以内にそれぞれの道に歩き出す。先に何が待つか分からない不安と期待は、私達皆が抱えているものだ。

「あ」

「ん？　どしたの、宮里ちゃん」

「急に自分宛ての手紙が書けそうな気がしてきた」

ひらめきってこういうのを言うんだろうな。私は帰ってすぐにペンを握ることを決めた。

悩みが一つ解決すると、アイス最中はいっそう美味しく感じられた。

「そういえばさ、三木ちゃんがどうして京にだけ、あだ名をつけないのか知ってる？」

「え、知らない。どうして？」

「ふふふ、この前聞いて、私もびっくりしたんだけどね」

パラのもったいつけた様子にドキドキしていると、彼女は舌をべっと出した。

「思いつかなかったからしいよ。びっくり。絶対、特別な理由があるんだと思ってた」

「な、なにそれぇ」

てっきり、実はミッキーは最初から京くんを好きになる予感があって、あだ名で呼ぶと友達になってしまうのを本能的に嫌がってたのでは、なんて考えてた自分が恥ずかしくなる。

暴(あば)かれる度にどんどん馬鹿らしくなっていく隠し事、どれも私達が勝手に複雑なものだと勘違いをしていた。

例えば全員に私みたいな能力があればそんなすれ違いはなくなるのだろうかと考えたけど、余計に深読みが効きあたふたする自分達しか思い浮かばなかった。ひょっとすると、こんな能力を持たされたのが私くらいの女の子でちょうどよかったのかもしれない。

数分後、今日も私達は、岐路に立った。

未来の私へ
一つだけ、約束をしてください。
何をしていたとしても、誰といたとしても、どんな自分になっていたとしても。
また、笑顔で必ずあなたと会える、そう信じています。
だからその時までどうかお元気で。

P.S.
あとその時までには自分に向いた矢印を見れたらいいなあ。

エピロオグ

「私のこと全部知りたい？」

「どういう意味で？」

「そのままの意味。生まれた時から、死ぬまで。心の真ん中から、隅々まで」

「どうだろ、必要ないかも」

「かも、とは？」

「話してもいいこととか、話したいことがあったら聞きたいけど」

「全部知る必要はない？」

「知り過ぎて迷うこともありそうだし。そこは信じてる」

「恥ずかしいからやめよ」

「それに、出会ってから今までとこれからがきっと知るべき場面なんじゃないかなって」

「人の話を聞いて」

「はい」

「まあそうだよね、本当はその人のことを知る前にもその人の人生はあるし、もしかしたら知らなくなったあともその人の人生はあるわけで、私が見れるのはほんの一部」

「だったら、一番いい時を見れるんだと思った方がよさそう」

「そうか、そういうのを運命っていうのかな」

「かもね。もしかしたら見えなかった部分がひょいっと見えることもあるかもしれない。本人が教えてくれたり、誰かの思い出話の中にいたり」

「そういうのって楽しい」

「だから、積極的に教えてくれること以外は、その楽しみをとっておこうかな」

「じゃあ私もそうする」

「信じてくれてるから？」

「うん」

「うわ、恥ずかしい、やめよ。あ、ああ、ここだね、じゃあまた」

「ああ、うん、またね」

「それじゃあ」

「あのさ」

「うん？」

「とは言え、まあ色々とあると思いまして」

「はい」

「知っていいことも」

「知っていいことも」

「あのね」

「うん」

「ええと、うち、来る？」

「

この作品は平成二十九年三月新潮社より刊行された。

か「」く「」し「」ご「」と「

新潮文庫　す－29－1

令和二年十一月一日発行
令和五年五月三十日八刷

著者　住野よる
発行者　佐藤隆信
発行所　株式会社新潮社

郵便番号　一六二―八七一一
東京都新宿区矢来町七一
電話 編集部(〇三)三二六六―五四四〇
　　 読者係(〇三)三二六六―五一一一
https://www.shinchosha.co.jp

価格はカバーに表示してあります。

乱丁・落丁本は、ご面倒ですが小社読者係宛ご送付ください。送料小社負担にてお取替えいたします。

印刷・大日本印刷株式会社　製本・加藤製本株式会社

ISBN978-4-10-102351-9 C0193